【文庫クセジュ】

ホメロス

ジャクリーヌ・ド・ロミーイ著
有田潤訳

Que sais-je?

白水社

日本語版への序

この小著が日本語に翻訳されることは私にとって大きな喜びです。私が嬉しくおもうのは、とりわけ本書のテーマが独特だからです。ホメロスはわがヨーロッパ文学の出発点をなしていて、いつの時代にもわれわれはここにもどり、絶えず蘇《よみがえ》る感動の源をここに見てきました。この二大詩篇は、その人間らしさと素朴さとによって万人に理解され感得されるのにまことに打ってつけのものだといつもおもっています。日本の皆さんが今日ホメロスに関心をもたれるのがなによりの証拠です。

この小著の目指すところは、両詩篇をよりよく理解し、よりいっそう愛好するようになっていただくこと、これにつきます。本書は二大詩篇の読解を容易にするための紹介の書にすぎません。多数の歴史的・地理的な論議、二大叙事詩の成立にかかわる諸問題についての論争に立ちいることはしません。こうした論議は読者と作品のあいだで実にしばしば生じるのですが、これは詩篇の文学的特質と驚嘆すべき人間らしさを見失わせるもとになるからです。私が若かった頃、或る高齢の師が「この歳になると、なにはさておきホメロスにもどりたくなる」と述懐しておられましたが、先生の歳になった今、私はこの感慨を同じうするものです。

本書の刊行を企画された出版社ならびに訳者に対し謝意を表するのは以上の理由からです。それに、訳者は細心の注意を払って仕事をされ、今まで一度も指摘されることのなかったいくつかの誤謬を正されたことを明言いたします。かくて訳者はこの小著を、主題をなす詩人にも、また日本の読者にも、よりふさわしいものにしてくださったのです。

アカデミー・フランセーズ
ジャクリーヌ・ド・ロミーイ

目次

訳者まえがき

本書はフランスの古典学者ジャクリーヌ・ド・ロミーイ女史の著『ホメロス』の訳で、古代ギリシアの二大叙事詩『イリアス』『オデュッセイア』、ならびにその作者と伝えられる詩人ホメロスについて解説したものです。両詩篇はそれぞれ「イリオンの歌」「オデュッセウスの歌」を意味します。専門家としての深い学識を背景にもつ著者ですが、この文庫の趣旨にしたがって、一般読者を念頭において本書をまとめています。しかしそれでも、難解な主題を百数十ページでこなすのは容易ではなく、難しい箇所があるかもしれません。訳者としては目障りにならない程度で注をつけましたが、読者のお役に立つかどうか。(原注)とあるのは訳者あての著者の訂正または追加説明です。なお著者は、まず論理・原則を先立て、そのあとで実例を挙げることが多いので、硬質な文体という印象を受けるかもしれません。

二大詩篇はヨーロッパの最初の文学作品ですが、その成立過程と作者については謎が多く、歴史的・地理的な諸問題がからんで、全体像の理解にはきわめて高度な専門知識を要します。本書でも言語学、文献学、神話学、考古学、口承文学研究など、さまざまな分野の研究成果の一端が紹介され、いわゆる「ホメロス問題」とはどんなものか、要点をつかむことができます。また、われわれは紀元前二千年紀から前五世紀頃までの広大な地中海文明と、その精神的発展にわずかながら触れることになるわけです。

本書では次の略語を用います。

ギ＝ギリシア語　ラ＝ラテン語　エ＝英語　ド＝ドイツ語　イ＝イタリア語

とくに断わらないかぎりラテン文字はフランス語です。ギリシア語はまずラテン文字で表記し、ギリシア文字は〔 〕にいれました。ギリシア語の転写では η＝ē, ω＝ō, υ＝u, χ＝kh とします。

ギリシア語・ラテン語の固有名詞をカナ表記にする場合は音引きを省きました。ホメーロスはホメロスになります。ヨーロッパ各国には他国の地名・人名を自国の言語に合わせて綴る習慣があり、ホメーロス ギ Homēros〔Ὅμηρος〕はラテン語 Homērus, フランス語 Homère, 英独語 Homer, イタリア語 Omero というような具合です。また〔 〕は読み方をカナで示すものです。

両詩篇の訳文には松平千秋氏の岩波文庫版を引用しました。優れた完訳を世に送られた同氏にこの場をかりて敬意を表したいと思います。本書のイタリア語訳は参考になりました。英語版、ドイツ語版があるかどうかは分かりません。

序

『イリアス』と『オデュッセイア』は世界の文学の中で独特な位置を占める。これはギリシアが生んだ文字に書かれた最初の作品である。両詩篇はたちまち万人の尊崇の的となり、抒情詩人、悲劇作者、史家はこれで心を養われ、これを模倣した。両詩篇の文章はギリシアにおける教育の基礎にされた。ついで両詩篇の英雄たちは近代世界に移りすみ、他のジャンルの文学作品、比喩的表現、詩的夢想、倫理的反省に生命を吹きこんだ。アキレウスとパトロクロス、ヘクトルとアンドロマケ、オデュッセウス[1]。彼らは万人に親しまれ、また時と場合により人間のさまざまな理念を具現する存在となった。その上、ホメロスそのものを読みかえす人は、率直でしかも陰影のあるその簡潔さ、輝かしくしかも残忍なその生き方、驚異に満ち満ちてしかも人間臭いその物語に、今日でも真価を認めないわけにはいくまい。

(1) フランス語ではふつう Ulysse［ユリッス］という。この語形はオデュッセウス、ギ Odusseus のラテン語形 Ulysses に基づく。英語ではこのラテン語の綴りを用いて［ユリシーズ］と読んでいる。

こうした事情のためにわれわれは、それを説明できる要因はどんなものか、と問うてみる気になるわけである。

これらの要因の根本は文学的なものである。しかしまずなによりも、注目すべき両詩篇がヨーロッパ文学史上最初の作品であり、かつまた、まるで突然無の中から現われたかのように見える、というこの不思議な状況を明らかにしなくてはならない。

はじめに、両詩篇の成立を問題にしなければならないが、これは難問であって、多種多様な論議を生んだ。その論議を検討するのは少し堅苦しいことになろうが、しかしこの回り道は必要である。というのも、両詩篇を際立たせる比類ない特徴は、その誕生を取りまく諸条件と、それを読む際の適切な方法について多少とも明確な考えがあってはじめて、十分な意味をもつからである。

しかしまたこれらの論議は、詩篇を読んではじめて意味をもち、学者たちの種々の発見はけっきょくわれわれの驚嘆の念を裏づけるものだ、ということを心にとめるべきである。われわれは知識が増すほど、両詩篇そのものにもどってゆく。

第一章　両詩篇の誕生

古代人にとって、ホメロスは前八世紀の詩人、『イリアス』と『オデュッセイア』、その他の詩篇の作者であった。しかし近世の学者は「その他の詩篇」についてはホメロスの作たることをはっきり否定している。古代人は、この詩人は小アジア、あるいはその近くに住んでいたと考えた。詩人はたぶんスミュルナ(1)に生まれ、キオス島(2)に在住した。伝承では彼は盲目であった。以上が詩人について知られるすべてである。しかしその年代がすでに問題である。

(1) 現在のトルコのイズミール。
(2) エーゲ海東部の島で、スミュルナの近くに位置する。

1　トロイア戦争からホメロスまで――前八世紀(1)と、ホメロスが扱ったトロイア戦争の年代はそのあいだの開きがたいへん大きい。トロイア戦争は紀元前一二〇〇年頃であり、この出来事と物語成立のあ

いだには四世紀、とりわけ史的な躍動に満ちた四世紀が経過している。一九世紀の第四半期から最近の数年間までに活発につづけられた考古学的発見によって、われわれはその四世紀をよく知っている。

(1) 詩人の年代として一般に認められている。

まず輝かしいクレタ文明[1]（ミノア文明）があり、その優美さと豪勢さはクノッソスの遺跡でわれわれの知るところである。これにテラ島（サントリニ島）[2]でのごく最近の出土品を結びつけることができる。紀元前二千年紀の中頃に隆盛をきわめたこの文明はおそらく、本土でこれを継承し多くの点でよく似た文明すなわちミュケナイ文明[3]に影響を与えた。ミュケナイ文明はおよそ前一六〇〇年から前一二〇〇年まで継続した。ペロポネソス半島のミュケナイ、ティリュンス、ピュロスの宮殿で花咲いたこの文明は他の地方に勢力を広げ、ミュケナイ人はクレタ島をも従えた。この文明はミノア文明に比べると荒削りだが豊かで強力であった。ミュケナイの発掘（更に最近ではピュロスのそれ）は、その城砦と黄金、その武具と宝石、その小立像と壺類によって、われわれにミュケナイ文明の実際の姿を教えた。ミュケナイ人は一種の文字を用いていたが、それは粘土板に刻まれ今日まで残った。その文字は「線形文字B」と呼ばれる音節文字で、一九五三年以来解読され[4]、ギリシア語であることが確認された。

(1) クレタ島の伝説的な王ミノスの名に因んで形容詞 minoen, エ Minoan, ド minoisch, イ minoico が造られた。わが国では「ミノア文明」ということが多い。

(2) エーゲ海南部の火山島。現在の呼び名はシラ島。サントリニ（サンドリニ）は別名。前一五二五年頃（?）噴火し、クレタ文明はこれで壊滅したといわれる。

(3) わが国では「ミケネ」ともいわれる。ペロポネソス半島東部の城塞。アガメムノンの城跡があり、シュリーマンの発掘で有名。

(4) 解読はイギリスの建築家・古典学者M・ヴェントリスの功績である。一七ページ(3)、二七ページ(1)参照。

ミュケナイ王アガメムノンに率いられ、トロイア遠征が行なわれたのはミュケナイ時代の末期頃で、今日も解読の続いている粘土板がわれわれに教えるのはこの王国についてである。

いったいトロイア戦争とはなんだったのか? トロイア[1]でも発掘が行なわれ、破壊された諸都市の遺跡が発見された。都市VIIaが突きとめられ、これは『イリアス』の城跡と考えられている。またヒッタイト[2]とエジプトの文書の中に、小アジアで活動する勢力としてアカイア人(ギリシア人)[3]に言及している箇所がみつかった。たぶんアカイア人はトロイアを占拠し略奪しようと企て、またそれを実行したのであろう。しかしこのことは、トロイア戦争が仮に実際に起こったとしても、ホメロスの物語中に戦争の原因やその推移に対応するなんらかの記述がある、ということを意味するわけではない。叙事詩の源流になった伝説はミュケナイ王国末期の栄光の事実を偲ばせる、しかしかなりアヤフヤな記憶から発展したに違いないからである。

(1) アジア側のトルコの西北端ヒッサルリクにある。遺跡の規模は100m×115m、高さ36mとされ、シュリーマンが一八七一年来四回にわたって発掘し、その後の専門家の精密な調査によって、この丘には九層の遺跡が重なっており、下から第七番目のA——VIIa——がトロイア戦争期のものに当たると考えられている。ヘレニズム時代に、戦争は前一一八四年だったなどといわれたこともあるが、およそ前一二世紀頃のようである。

（2）小アジアに居住した印欧語族の一つ。その言語の、楔形（せっけい）文字によるものは解読された。

（3）アカイアは地名。時代により範囲が変わる。アカイア人ギ Akhaioi〔'Aχαιοί〕とはアガメムノンの率いるギリシア軍の総称。ホメロスの中でギリシア軍はアカイア人、アルゴス人（アルゲイオイ）、ダナオイなどと呼ばれている。ギリシア人、ギリシアという名称はラ Graecus, Graecia から西欧に広まった語で、本来は北西ギリシアの一住民名ギ Graikoi〔Γραικοί〕であった。古典期以後ギリシア人は自分をヘレネスギ Hellēnes〔"Eλληνες〕、国土をヘラスギ Hellas〔"Eλλας〕と呼ぶ。『イリアス』第二巻六八四参照。

というのも、これはミュケナイ王国の末期なのである。前二千年紀の終わり頃、北方からの侵入者、ドリス族——彼らはギリシア語の別の方言を話した——がいたるところに勢力を広げ、本土のすべての宮殿を焼き払った。一方別の諸族(1)の動きが小アジアに紛争の種を蒔いていた。こうしてギリシアはいわゆる「中世」に入り、これは前八世紀までつづき、人びとは文字の使用を忘れた。鉄器が使用され、意匠が幾何学文様になり、荒削りな生活が営まれた。

（1）いわゆる「海の民」を指す（以上原注）。「海の民」という名称はエジプトを攻撃したいくつかの種族の総称で、エジプト側の記録に基づく。この種族の居住地はここに書かれているように小アジアで、これを含む諸族間の紛争がつづき、ヒッタイト王国もこの種族の侵略で前一一九〇年頃滅亡したといわれる。

しかし、これらの動乱と、ドリス族がひきおこした人口増大の結果、ギリシア人は急速に本土から小アジアに向かって移住をはじめた。彼らは種族のグループをなして広まった（それはとりわけアイオリス族とイオニア族で、前者はエーゲ海岸の北部に、後者はより南に達した）。こうして前八〇〇年頃、アナトリア(1)

のすべての沿岸にはギリシア人が居住し、商取引も再開された。組織的な植民の時代がはじまり、フェニキア人[2]から借用したアルファベットを応用して新たな文字[3]を手にした。

（1）現在のアジア側のトルコ。小アジアというほうが一般的であろう。その西岸はエーゲ海に面する。
（2）地中海東岸のセム語系の商業民族。
（3）ミュケナイ時代の文字（線形文字B）はカナと同じく音節文字（約九〇字）で、ギリシア語の表記には不向きであった。この文字はその後忘れられ、この言語に最も適した表音文字――アルファベット――が考案された。古代では次の大文字のみ。**ΑΒΓΔΕΖΗΘΙΚΛΜΝΞΟΠΡΣΤΥΦΧΨΩ**

口頭で受けつがれた四〇〇年ないし五〇〇年間の記憶の到達点である『イリアス』と『オデュッセイア』が作成されたのは、伝承によれば小アジアのこのギリシア人社会においてであり、その再興[1]の時代であった。

（1）本土で開花したミュケナイ文化の後、約四〇〇年の「中世」を経て、ギリシア文明がエーゲ海東岸で再び活発になったことを指す。

これに加えるべきは、当時作成された詩篇は「決定版」ではなかったろう、ということである。この時期の後にも追加、修正、挿入があったに相違ない。ギリシア語の文書にはすべてこの操作がみられるし、部分的に歌われ、おもうがまま手を加えることのできた叙事詩の場合はなおさらであった。ホメロスのテクストが公的に定着し、叙事詩が変更なしの均一な全体として順序どおりに朗誦されねばならなくなったのは、アテナイにおけるペイシストラトス[1]の時代すなわち前六世紀である。

（1）アテナイの僭主（前六〇〇頃—五二七）。僭主ギ turannos〔τύραννος〕は貴族制から民主制への過渡期に中間層、下層の民衆を基盤として政治の舞台に登場した。必ずしもエ tyrant のような「暴君」ではなかった。

したがって『イリアス』と『オデュッセイア』は数世紀にわたる歴史の到達点であり、場合により古い記憶や新しい経験を反映している。しかしこの数百年の全期間に、伝承の長期の受け渡しが必ず存在したはずで、この受け渡しこそが到達点としての両詩篇を説明するのであろうが、しかしこの受け渡しはまったく記録されず、口承の詩である以上われわれはそれを知る由もない。

2　口承詩

——この口承詩の存在はホメロス自身がわれわれに明らかにしてくれる。すなわち彼は『オデュッセイア』の中で、ふたりの吟唱詩人[1]（アオイドス）の実演場面を描く。イタカ[2]におけるペミオスと、パイアケス人の国のデモドコスである。彼らは宴会のあと、吟誦によってお偉方を楽しませ、吟唱詩人自身も大事にされている。しかしなにを歌ったのであろう？

（1）ギ aoidos〔ἀοιδός〕「歌い手」の意。松平訳では「楽人、歌い手」。素朴な竪琴を奏でながら叙事詩を吟じた一種の芸人で、宴席に興を添えた。「吟唱詩人」と訳しておく。「至妙の歌い手デモドコスを呼んでもらいたい。神はとくに彼を選び、興の赴くままに歌って人を楽しますべく、歌を授けられたのだ」（『オデュッセイア』第八巻四四）。
（2）イオニア海の小島。オデュッセウスの故郷。現在の Thiaki 島らしいが、異説もある。

彼らの題目はすべての叙事詩のそれ、すなわち英雄たちの武勲である。『オデュッセイア』で、まさにトロイア戦争の英雄たちが扱われるが、しかしホメロスが語らない二つの挿話もある。デモドコスは一つの情景を歌いはじめるが、それについてホメロスは、たいへん有名だという。それはオデュッセウスとアキレウスの喧嘩沙汰である（『オデュッセイア』第八巻七三以下）。次いでオデュッセウスは彼にトロイアの木馬の話を歌うように求め、デモドコスはすぐ実行する（四九一以下）。つまりこの挿話は既知の、著名なものとして前提されている。しかしこれは、歌い手が自分自身の得意業《わざ》をつけたす妨げにはならなかった。ホメロスは躊躇なく、ムーサ（ミューズ）がデモドコスに感興を吹きこんだといい（七三）、オデュッセウスは「ムーサか、あるいはアポロンであったろう」という。[1]つまりこれは単なる演技ではなく、吟唱詩人は自分の才に応じて、伝承による主題に尾ひれをつけたり結合をしたりするのである。

(1)『オデュッセイア』第八巻四八八。

こうした朗誦・創作の根本は、口承詩を保存した文化遺産を考慮に入れればよく理解できる。学者たちがこういう遺産を、消失しないうちに急いで研究したのはこのためであった。これは特にユーゴスラヴィアでミルマン・パリと、その門下アルバート・ロードによって行なわれた。一九三三年来、彼らは叙事詩朗誦の一二、〇〇〇以上のテクストと、反復される挿話、語句の繰り返し、異文（ヴァリアント）、更新などを収集した。

これですべてが生彩を帯びてきた。文字なしで済ませるように訓練された場合の異常な記憶力と、この記憶を容易にするもの、とりわけ詩行や定型句を用いる意義がよく理解された。

じじつこれはホメロスの作中の目をみはらせる第一の特徴である。われわれは絶えず一行、半行、あるいは、まとまった数行が反復されるのに出会う。一人の英雄が他の英雄に答え、戦闘に突進し、腹を立て、武具を身に着ける。できあいの句がそれを表わすから、固有名詞を変えるだけでよい。あるいは曙の光がさし、祝いの食事がはじまり、合戦が荒れ狂う。なにかが起こるたびにまとまりのある数行が反復され、その数行は出来事そのもののように正確に繰り返される。こうした反復はその分だけ新発明や記憶の労力を省いてくれる。同様に、人間や事物は、いわゆる「本来の（それに相応しい）」修飾句、すなわち半行のいつも同じ修飾句——よく記憶されていて、その人の第一の性格、その事物の本質的な特徴に対応する修飾句——で飾られる。アキレウスはほとんど常に「駿足のアキレウス」、ヘクトルは「きらめく兜のヘクトル」と呼ばれる。同じく、馬は「どっしりした蹄をもち」、槍は「強靭」である。

この表現の習慣が口承による詩作の必要から生まれたことは議論の余地がない。またときには、これらの定型句そのものが、古さの証拠になる意味不明瞭な昔の語を保存したことも事実である。「牛の目をしたギ boōpis〔βοῶπις〕」ヘラ（女神）、「アルゴスの殺戮者ギ argeiphotēs〔ἀργειφόντης〕」ヘルメス

（神）というような語句の真の意味はなんなのか、今日なお論議のあるところであり、たぶんホメロスもその意味がもう分からなかったのであろう。

しかしユーゴスラヴィアの吟遊詩人（barde, バルド）との比較はまた、こういう定型句は多種多様で、自由に結合される柔軟性をもつことを明らかにした。韻律上の同一形式を保持しながら一語、二語、半行を変更する。はじめの行を同じにして続きを作りかえる。要するに既成のものを自由に利用はするが、それは彼らの助けになるだけで、重要なものはなにも含まれない。

この作詩方法はギリシアでたぶん何世紀も用いられていた。またこれは、さまざまな文明圏のほとんどすべての叙事詩で利用されたに違いない。叙事詩の出発点はすべて口承によるのであり、それが文書に固定したのは長期間の口承を経過してからであった。また「聖杯探索」(1)の場合のように、さまざまな形で固定したものもある。

（1）「聖杯探索」 La Quête de Graal. ——中世のアーサー王伝説では「円卓」の騎士たちが「聖杯」Graal（エ Grail, ド Gral）探索を使命とした。この物語が種々の形で文書として固定したことを指す。

いずれにせよホメロスの場合、われわれは『イリアス』『オデュッセイア』以前に、両詩篇のあちこちの部分の先駆となった口頭の伝承に注目しなければならない。

ホメロス以前に叙事詩的な歌謡が存在した。ホメロス自身がトロイア戦争にかかわりのないことでこれを確言する。『オデュッセイア』の第一二巻は「その名天下に轟く」アルゴ船に言及しているが、これは明らかにアルゴ船乗組員についての詩篇[1]を指している。同じくホメロスは、自分が知っているつもりの英雄たち、たとえば両詩篇の中で触れられているオイディプスとその一族[2]に時折言及する。トロイア戦争についても、デモドコスが歌う挿話に言及するほかに、『イリアス』第九巻五四三―五四九で、ポイニクスがメレアグロスについて語る話はその短さからみて、メレアグロスについてのなにか既知の詩を指すと考えられる。

(1) 同巻七〇以下。イアソンに率いられ、人類最初の大型船「アルゴ」で「金の羊毛」を探しに出かけた「アルゴ船乗組員」ギ Argonautai〔Ἀργοναῦται〕の物語。ホメロス以前のギリシア説話の一つ。

(2) ソポクレスの『オイディプス王』をはじめ、ギリシア悲劇の多くの作品で扱われた一族。

ホメロス以後まもなく他の大叙事詩――今日は失われ、古代の要約、引用、模倣、図像などでわずかに知られる――が作られたが、もしわれわれがこれを知らなかったならば、ホメロス以前の事情はみな、ごく貧弱なものに終わったであろう。『圏（キュクロス）[1]』と総称されるこれらの叙事詩のうち、あるものはティタン族、ヘラクレス、オイディプス一族（テバイス、オイディポデイア、エピゴノイ[2]）を扱う。しかし大部分はホメロスにないトロイア伝説を集めなおしたものであった。『アイティオピス』と『小イリアス』は『イリアス』の続編であり、ミレトスのアルクティノス作（前七世紀？）『トロイア（イリオン）[3]攻略』も同様である。一方、『キュプリア』（スタシノス作？ヘゲシアス作？）は『イリアス』の出来事に先立つ話を一一巻をもって語った。『帰国』はオデュッセウス以外の英雄たちの帰郷を描く。明らかにこれらの叙事詩の制作はホメロスの少し後であるが、内容はホメロスに先立つ口承の物語に遡る。このようにして大武勲詩が徐々に現われ、受けつがれ増大しながら前八世紀の大出現となった。

(1) 関連のある一連の作品を cycle, ギ kuklos〔κύκλος〕エ cycle, ド Zyklus「圏、円、輪」といい、今日でもこの語は音楽演奏のプログラムなどについて用いられる。
(2) テバイス、オイディポデイア、エピゴノイは、それぞれ「テバイ物語」「オイディプス物語」「後裔」を意味する。二一ページ (2) 参照。
(3) イリオン (またはイリオス) はトロイアの別名。

更に、『オデュッセイア』を仕上げるのに役立った一層民話風の、別のタイプの物語が確かに存在したはずである。民話の専門家はその原初の形態を探索して、ホメロスがそれらを利用し変形した場合の方法を解明しようと試みた。キルケ、ロートス常食人、キュクロープス、セイレーンたち、太陽の雌牛。(1)

これらはホメロス以前に長い過去をもつ話である。

(1) キルケ、ギ Kirkē〔Κίρκη〕。伝説の島アイアイア島に住み、秘薬で人間を豚に変える魔女。——ロートス常食人。ロートパゴイ、ギ lōtophagoi〔λωτοφάγοι〕「ロートスを食べる人」の意。ロートス ギ lōtos〔λωτός〕がなにを意味するか不明。「蓮」と訳されることもあるが、違うらしい。この植物を食べると一種の記憶喪失に陥るようである。——キュクロープス、ギ Kuklōps〔Κύκλωψ〕「丸い目」の意。人間を食う一眼の巨人。オデュッセウスはそのうちの最強のポリュペーモスを盲目にして難を逃れた。——セイレーン。ギ Seirēn〔Σειρήν〕上半身人間 (女性)、下半身魚または鳥。美声で船乗りを誘惑する。——太陽の雌牛。太陽神の牛で神聖。オデュッセウスの部下は飢餓に耐えきれずこれを殺して食べ、ことごとく死ぬ。

すべてこれらは、ホメロスの原資料にかんする多数の研究の出発点になった。あらゆる混合が指摘され、『オデュッセイア』の中で、『アルゴ船物語』に由来する話題の痕跡が明らかにされた。また「圏」に関する証拠をもとにして、『イリアス』の中の、ホメロスが選んだ主題整理の根源にある詩篇を分離する試みも行われた。一部の人によれば『メレアグリス』(1)の場合がそれで、戦いを拒絶するメレアグロスの怒りはアキレウスのそれの手本であったろう、という。とりわけ『アイティオピス』、一層正確にいえば『メムノニス』――『アイティオピス』はこれから生まれた――の場合がいい例で、アキレウスが、友アンティロコスの死の仇を討つために、どのようにメムノンを殺したか、を語っているが、これは『イリアス』で、アキレウスがパトロクロスの死の復讐のためにヘクトルを討ったのと同じである。二つの話に共通する主題(ゼウスの秤のシーン(2)、「眠り」と「死」によるメムノンの死骸の回収――『イリアス』におけるサルペドンの場合のような――)は、補助的な手がかりになる。またホメロスはこれらの物語の中で、いくつかの主題を採り、他の物語に移しかえた。『アイティオピス』において物語られ、ホメロス以前の説話の一部であったアキレウスの死は、彼の分身たるパトロクロスの死をはじめ、『イリアス』の多くの細部に生命を吹き込んだ。

(1)「メレアグロス物語」の意。メレアグロスはアルゴ船乗組員の一人。
(2) ゼウスは戦争の勝敗や人間の運命を「黄金の秤」で測ることがある。重くて下がった方が「凶」である。

ここから示唆するところの多い比較対称が生ずる。しかしわれわれの目的にとってとりわけ重要なのは、比較の可能性を探り、吟唱詩人の扱った主題の多彩ぶりをホメロス以前に見定めることである。これらの物語詩は大なり小なり固定し広まり華やかであるが、『圏』の詩篇とまったく同様に、ホメロスの詩篇が仕上げられる出発点であった。したがって両詩篇の出現は一般に信じられているほど突然でも奇跡的でもなく、磨きあげの長い時期がそれに先立っていた。

とはいっても、比較・対照をすれば次の点を見のがすことはないであろう。すなわちそれは、口承詩から『イリアス』『オデュッセイア』に目を転ずると、新たななにかがはじまった、ということである。

3 最後にホメロスが現われた——両詩篇は到達点であると同時に出発点であった。

両詩篇はそれぞれ一二、〇〇〇行、一五、〇〇〇行[1]の大作であって、一回ごとの朗誦の範囲をはるかに越えている。

(1)『イリアス』一五、六九三行。『オデュッセイア』一二、一一〇行。両詩篇はそれぞれ二四のギ rhapsōdia〔ῥαψῳδία〕からなり、「歌」を意味する chant, ィ canto, ド Gesangが当てられる。ただし「本」ラ liber, エ bookとすることもある。本訳書では第二四《巻》のように記す。松平訳では《歌》。

各詩篇とも巧みに構成され、唯一の主題をめぐっての、論理的かつ劇的な関連で相互に結合された挿話の一大集合体をなしている。『イリアス』は、挿話の集合体――トロイア戦争やアキレウスの武勲にかかわることだけを共通の特徴とする集合体――ではない。それは、怒りの物語であり、復讐ののち最後に心の安らぎが訪れるまでの、悲劇的な結末にいたる物語である。詩篇は事態の推移からなる。それぞれの挿話は後続する挿話に余韻を残し、先立つものに応答し、戦争のさまざまな契機が相互に結びつく。それはアキレウスの心の葛藤に繋がり、パトロクロスの死とヘクトルの死は相呼応する。戦闘の猛威が増し、次いで暴力への非難が強まる。挿話を移しかえたり、あるいは切りはなしたりしても、いい結果がえられることはあまりない。つまりわれわれが対面するのは、じょうずに組み立てられ練りあげられた偉大な文学的創造である。この創造は、『オデュッセイア』でデモドコスの語るいくつかの選ばれた挿話と著しい対照[1]をなしている。

(1) 第八巻、パイアケス人の王の宴席で吟唱詩人デモドコスはトロイア戦を物語る。著者はこの物語と『イリアス』そのものを対照するのである。

更に両詩篇の精神は叙事的な歌謡一般とは著しく異なっていたであろうし、少なくとも「圏」の詩篇にみられる精神とは違っている。「圏」では、他の文明圏の叙事詩にあるような、はるかに大量の極悪非道、超自然の現象、奇談の集積がみられる。ホメロスにおける筋立ては、ごく人間的な事実の連鎖を中心とし、人物と出来事もまた人間界とそっくりである。

ところで、両詩篇の成立が文字の再来(1)と事実上同時だとして、これは偶然であろうか？　文字は詩篇の制作のプラスになったかどうか、確かでないが、ともかく詩篇を固定するのには役立った。かくて文字は、他の多くのものとは違って、両詩篇を収集し後世に伝えた。これは両詩篇の成功そのものによるのであろう。

（1）ミュケナイ王国の財政事情を伝える線形文字Bはギリシア語表記には不便だったのと、なによりも前一二世紀以後の動乱のために忘れられていた。ここにいう「再来」とは前九世紀（？）に、フェニキア文字を応用した、ギリシア語に最適のアルファベット式文字体系が成立したことを指す。文字は二七、八〇〇余行の両詩篇を二八〇〇年後の今日に伝えた。しかし同時に口承詩の流れを止めたのも文字の使用開始である。

ホメロスの両詩篇は口承詩に由来するが、そこから離れて文学の王国を築いた。両詩篇を生んだ段階的な成熟を説明するものは口承詩の長期にわたる継続であるが、新たな時代を画する勝利者の目覚めをそれに付けくわえなくてはならない。

しかしことはそれほど明確ではない。というのも、この偉大な幕開けは一挙に行なわれたのか、その元になったたどたどしい生成発展の痕跡は、両詩篇の中にはなにも存在しないのか、という疑問が残るからである。批評家たちは、統一性と多様性とを考慮しつつ、叙事詩成立の漸進的な開始と、大いなる組織的構成とのどちらを重視すべきか躊躇《ためら》った、というのが実情である。これがいわゆる「ホメロス問題」である。

4　ホメロス問題

——この問題は一七九五年の、F・A・ヴォルフの著作刊行がきっかけであって、書名はラテン語で『ホメロス序説』（Prolegomena ad Homerum）である。この先駆としてドービニャック神父[1]の著『学的推測、イリアス論』があり、一六六四年に遡る著作であるが、出版は一七一五年で、同じ問題を提起していたが、反響はヴォルフの場合ほどではなかった。

（1）F. H. Abbé d'Aubignac（1604-1676）フランスの文学研究家。

ヴォルフの研究はいわゆる「分析派」の説に道をひらき、それ以来絶えず反復、改良、訂正され書きなおされた。ゴットフリート・ヘルマン、次いでラハマン、キルヒホフがその後の歴史に名を連ね、ヴィラモーヴィッツ、ヴァン・デル・ミュール、ポール・マゾンと続いた。マゾンは『イリアス序説』（CUF, 1942）で、以上の研究に文学的分析に基づく決定的な性格を与えた。

これらの学説のポイントは、ホメロスの叙事詩と、原初の粗筋に書き加えられた手直しの源泉——長期間の口頭伝承——を取りあげ、今日われわれが手にするテクストの中に漸進的な仕上げの痕跡を指摘するにある。分析派は、叙事詩の中に、年代の異なる構成要素、巧拙ある辻褄合わせ、ときおり生ずる矛盾等の存在を確認する。彼らは、現在のものよりもはるかに貧弱な詩篇の初期状態を突きとめ、この初期の状態のあちこちへ次々と挿入された歌謡、歌謡のグループ、短い数節、数行を分離しようと試み、こういうさまざまな追加の良否を判定する——このときホメロスとは、一番最後の、最も拙劣な追加に先立つ詩篇の作者の名となる。

こうした非難がなにに基づくか、われわれはよく理解できる。口頭伝承が長期間にわたることは異論がないし、「最近の」箇所が存在することも同じく確かである。この問題に強い関心をもつ人には構成上の奇妙な点がすぐにみえてくる。

厳密な首尾一貫の立場からみれば、こういう僅かな傷はどんな作品にもあることで、無視することもできる。たとえば『イリアス』第五巻（五七六）で殺された英雄が第一二巻(1)（六五八）で生きているとか、『オデュッセイア』第一六巻（二九五）で予見されている甲冑が第一九巻では知られていないなど。書かれた場合でも、こういう乱れを確実に免れる近代の作品があるかどうか。

(1) 著者は第一二巻と書いているが、第一三巻の誤記である。

これに反して両詩篇には一層驚くべき矛盾あるいは重複がある。たとえば『イリアス』第一一巻、第一六巻でアキレウスが使節を受けいれ、かつ追いかえそうとするのには驚かされる。同様に第七巻、第一二巻でアカイア勢が建てた城壁が出てくるが、ほかではもう存在しないようにみえる。第三巻の一騎打ち（パリス対メネラオス）のあとで、第七巻で同じたぐいの決闘（ヘクトル対アイアス）がみられるのはなぜであろう。無理に付加されたとおもえる数巻があり、本来は無縁だったのだろうと考えられた。たとえば『イリアス』第一〇巻すなわち「ドロネイア」[1]がそれで、伝承によると、ペイシストラトスにいたるまでは人びとはこれを現在の箇所に置くのを躊躇《ためら》った。

（1）『イリアス』第一〇巻の副題はトロイアの戦士ドロンの名に因んでこう呼ばれている。

『オデュッセイア』の場合この問題は、話しの筋が二重[1]であるため彼の帰国が遅れ、更に複雑である。この筋の二重性を除去しようとまで考え、第一巻、第五巻の神々の二度の会議をその証拠にして、テレマコスにかかわるすべての巻を別起源の要素とみなす者もあった。この要素は、少々ぎごちない二つの会議によって他の要素に結びつけられたのであろう、というのである。これと逆に、詩篇の末尾では、オデュッセウスの認知が予想外に遅れたことに困惑して（入浴場面は格別新たな要素をもたらさない）、これは相異なる二つの話の結合だと考えた。いくつかの巻がここでも疑わしく、後世のものとおもわれた。第一一巻（オデュッセウスが死者たちに出会う、すなわち第一の「冥府行き」ネキュイア[2]）の大部分がそれで、この挿話の端緒の部分を古いとみる人たちも、説明をいたずらにふくらませるだけの、過去の女傑たちや大罪人の長々とした列挙に後世の追加をみてとった。この列挙はアテナイあるいはテバイの女傑らに繋がりがあり、他とはやや異なる宗教的感情を前提にしている。同様に、第二四巻の第二の冥府行きと、つづくラエルテス訪問も古代から後世の付加と考えられ、近代の学者たちもかなりの程度この見解に従っている。

(1) オデュッセウスの帰路の苦難と、一方故郷イタカの妻子の苦心という二つの筋書きの同時進行を指す。
(2) ネキュイア、ギ nekuia〔νέκυια, νεκυία〕は死者の霊を呼びだすことで、『オデュッセイア』第一一巻に後世加えられた副題であり、「冥府行き」と訳されている。最終の第二四巻にも冥府の話があるので、第一、第二と呼びわける。

ここで批評や非難のすべてを数えあげることはできそうにない。それらは山のようにあるし、彼らの研究は、それまで注目されなかったテクストの多数の細部に注意を向けるという利点があった。しかし、特定の箇所を他の箇所よりも後のものだ、とほとんどすべての人が認めているが、この同じ研究が別のところでは反論の種になった。そして統一派[1]は、このように異様な点として指摘された事柄を文学的根拠から説明しようと試み、それはしばしば成功した。

(1) 「統一派」(unitaires)。キリスト教の一宗派を指すこともあるが、ここでは analystes「分析派」(というより分解派、解体派)に対立する学者たちをいい、両詩篇がそれぞれ内容的に深い「統一性(unité)」をもつという点を重視する。

すなわち分析派に対して統一派が対峙する。この学派は、細かい問題を盾にとって全般的印象に手を加えることを拒否する。彼らは一部の付加が後世のものであることを認めるが、いたるところに感じられる構成の統一性に対してとりわけ鋭敏である。これは新しい学説というわけではないし、分析派ほどたくさんの著書を残したわけでもない。しかし統一派は、分析の行き過ぎそのものに対抗したから、かえって重要視された。つまり詩篇を脈絡のない要素に打ちくだくのは、第一印象、見事な均質性の感じられる印象、に逆行する。またいくつかの箇所をべつとして、分析派の指摘によって周知となった難点も単にそれと分かるのに二五世紀以上を待たねばならなかったのだ。[1]

(1) つまり分析派はそれまであまり注意を引かなかった難点をいいはじめたわけである。

そこで統一派は、物語中の重複、遅延、寄り道などは文学的な狙いから熟慮され巧妙に活用されたものだということを示そうと専心これ努めた……。

これでは、技巧批判を文学的鑑賞と対立させる、難聴者同士の対話みたいなものであった。けれども両者の立場は、「新分析派」と呼ばれる第三の学派の出現で相互に接近するにいたった。これはドイツのW・シャーデヴァルト[1]とギリシアのJ・カクリディス[2]を主要な代表者とする。

(1) W. Schadewaldt (1900-1972) ドイツの古典学者。
(2) J. Kakridis——現代ギリシアの学者。英文の著作をスウェーデンで出版している(原注)。巻末文献参照。

彼らの考えは、先に述べた口承詩の発達そのものに基づいている。「然り」と彼らはいう。ホメロスは長い歴史の末端に位置する。彼は起源も年代もさまざまな典拠を利用する。われわれは、詩篇の中にこれらの典拠の反映を把握しうることもある。しかし反対に「否」という。すなわち以上の事実は、両詩篇の制作が均質性と文学的技法を欠くバラバラの断片の集積を意味するのではない。じじつ詩人は、はじめは独立していた物語を活用し結合して、上手下手はあるにしてもそれらを融合させた。しかし、明らかに後世のものと分かるいくつかの箇所を別として、肝心な仕上げの仕事は詩人自身によってなされた。したがって、文章の順序を転倒させてテクストを書き直すとか、詩人Aと詩人Bを断定的に識別して他を顧みないとか、というようなことは断念しなければならない。歴史はこのような選別を許すにはあまりに入りくんでいる。ホメロス研究は、その源泉に遡り、多様な初期状態の手がかりを解明しながら、細部をさまざまに比較しつつなされるであろう。だがその結果は常に、多種多様な素材の中へ詩人自身の個性をはっきりと植えつけた同化、修正、再解釈の努力を明確にすることであろう。

いうまでもなく以上の要約は簡略にしてある。学説と論議は学者によってまちまちだからだ。にもかかわらず上記の見解には、先人学者の観点を大幅に調停して、詩篇に先立つさまざまな過去と、文学の時代の出発点に立つ根本的な独創性とをホメロスの詩篇全体に取りもどす利点がある。

このような見方に立つと、ホメロスの名は、時代の異なるさまざまな要素を基礎にして明快に組みたてられた雄大な詩的創造の作者にふさわしいものとなる。

だが、これまでに触れなかった問題がある。すなわち、ここまでは『イリアス』と『オデュッセイア』を一緒に扱ってきた。ところが、この二つの詩篇には重大な違いがある。文体は同じ、全般的な詩的発想も同じであるが、しかし両詩篇が繰りひろげるのは二つの相異なる世界なのだ。

主題の相違はこれと関係があろう。一方は戦争を扱い英雄同士を対立させる。他方はただ一人の男を暴風、怪物、魔女らと対立させつつ帰郷と海上の孤独な冒険を扱う。この相違そのものが、多くの他の事柄と同時に説明されねばならない。それは詩の文体と描かれた生活習慣に関係があるし、或る時間の経過が二つの詩篇の制作を隔てたに違いない[1]、ということを示唆する。

（1）『オデュッセイア』は『イリアス』よりも後の成立である。しかしその間隔はどれほどであろうか。五〇年以上も隔たっていたとすると、作者を一人とみることは困難である。つまり成立年代の問題は直ちに作者は誰か、という問題に帰着する。『崇高について』（著者は不明。ロンギノスではない）は『オデュッセイア』は老成した詩人の作とみている。一五九ページ（3）参照。

歴史的にみると、『オデュッセイア』は西方の国々に関心を示すが、しかしこの国々は植民開始[1]以前にはたいして注目されなかったところである。また、『オデュッセイア』は、前九〇〇年以前の地中海ではあまり勢力を広げていなかったフェニキア人についてしばしば語るが、『イリアス』は一度言及するのみである。他方『オデュッセイア』は『イリアス』よりも複雑な社会的・政治的状態を描く。精神的な面では、『オデュッセイア』は、『イリアス』であまり明確とはいえない種々な決まり——たとえば嘆願者の権利——を知っている。神々はむろん同じであるが、『イリアス』の場合よりも『オデュッセイア』では正義に固執し、人間に干渉する神々の数はより少なく、オデュッセウスとアテナを結びつける場合のような格別の個人的感情が必要である。神々の玄妙さに対する畏敬の念が、『イリアス』におけるむき出しの衝突に取ってかわる。——最後に文学的な面では、『オデュッセイア』は力強さでは劣るが、魅力と慎重さと中間色で優り、心理にニュアンスがある。『オデュッセイア』には時として英雄崇拝の拒絶、叙事詩的ムードの否認のようなものがみられる。

（1）ギリシア人が西地中海に大々的に植民をはじめるのは前八世紀からである。

この違いは二つの方法で説明できる。相違は両者のあいだにかなり長い時間が経過し、作者の青年期と老年期の隔たりによるのかもしれない。あるいは、この相違は、『オデュッセイア』がホメロスの流派内で同じ原則と同じ全体のビジョンに従って、ただしホメロスではなく、後継者のだれかの創作指導のもとで仕上げられた、という事実に基づくのかもしれない。この場合には、当代の文学的創造の非人称的性格、[1] 暗誦の果たす役割、伝承維持の考えが両詩篇の緊密さを説明することになろう。

（1）両詩篇に作者自身についての言及はまったくない。詩人が自分を語るのはヘシオドスからである。

この問題はどうしても不確かなものを拭いきれないから、ここで一挙に解決することはやめにして、ホメロスをひきつづき『イリアス』の作者であるとともに『オデュッセイア』の作者と呼び、[1] この詩人の名のもとに、最も根本的なところで両詩篇の同一性を感じさせる独創性と輝きを明確にしてみたい。いずれにせよ叙事詩に直接触れることは「作品は作者に優る」という利点がある。

（1）両詩篇の作者は別人とする文献学者は古代からあり、「分離派」コーリゾンテス、ギ Khōrizontes,〔Χωρίζοντες〕と呼ばれている。

第二章　叙事詩の世界と歴史

前章で観察したように、叙事詩の世界は数世紀を合算したようなものである。したがって、それはなんの証言にもならないし、叙事詩ははじめから虚構の文学的領域に属する。このことは、そこに示された歴史的・社会的データの場合と同様に、使用言語においてもみられる。

1　ホメロスの言語――ホメロスの言語は叙事詩専用の独特の言語で、そこにはさまざまな地域と時代の要素が結合している。

叙事詩の伝承は紛れもなくギリシア語の遠い過去に遡る。ゆえに両詩篇は、前八世紀にはもう使用されず、まして前六世紀[1]にはなおさら使用の少ない注目すべき古語を温存した。この古い語形は別のもっと新しい、よくみられる語形にしばしば置き換えられ、加えて前六世紀以後はアッティカ語法[2]がテクストに導入された。

(1) 前八世紀は詩篇が成立したと考えられる時期、前六世紀はそれが文書として固定した時期である。

(2) 前六世紀以後アテナイが政治の中心になるにつれて、これを含むアッティカ地域の方言が古典ギリシア語を代表することになった。両詩篇のテクストの公認もアテナイで行なわれた。

初期の語形に遡ることができるのは韻律法のお陰であることが多い。動詞ギ horaō〔ὁράω〕「見る、見える」は——まもなく horō〔ὁρῶ〕と縮約されたが——韻律法からは補助的な短音節を要するので、吟唱詩人は ō〔ω〕を短音節一個と長音節一個に延長し、その上で horoō〔ὁρόω〕と書いた。[1] しかしこれは未だかつて存在したことのない語形である。こうして書記法（グラフィー）は、言語が忘れてしまった古い語法の痕跡を反映することになった。

(1) 詩形上「長＋短＋短」という順序の音節が必要な場合に、horōでは不適当なので、horaō〔ὁράω〕に戻すべきところを horoō〔ὁρόω〕とした、というのである。一例。ἄνδρ' ὁρόω κρατερὼ ἐπὶ σοὶ μεμαῶτε μάχεσθαι「おぬしに対して戦おうと凄まじい意気込みで迫ってくる姿が見えるぞ。」（『イリアス』第五巻二四四）

同様に韻律法は、失われた子音「すなわちディガンマ[1]を考慮に入れている。この子音はすでに消失し、書かれもせず発音もされないまま、詩行（脚）の上では引きつづき勘定された。——しかもいつも勘定されたわけではない！　この子音が勘定される場合とされない場合が計算され、またそれぞれの場合が新旧のどの部分に対応するかが観察され、ディガンマが勘定されないテクストを修正しようと試みられた。しかし明確な答えはなにも出なかった。ディガンマがほとんど常に定型句に現われ、その他の箇所では少ない、というのはそのとおりであるが、混合は常であり、吟唱詩人は可能な二つの手段を使いわけて演じ、好みに応じて古拙な語形と新しい語形を混合した、と解さなくてはならない。

(1) 子音ディガンマ「ギリシア文字ガンマΓを重ねたような字形なので「ディガンマ」(「二つのガンマ」を意味する)」と呼ばれ、また「ワウ(wau)」の名称もある。その表わす音は/w/(たとえば英語ならwater)で、ミュケナイ線形文字Bでは表記されたが、その後、限られた方言などのほかは発音も表記もされなくなった。Ϝを補足しうる一例を挙げる。τοῖον [Ϝ]οι τοῦ δαῖεν……(『イリアス』第五巻七)。ラテン文字ではほぼ同じ字形が /f/ の音を表わすことになった。これが後世のFである。

更にまた吟唱詩人は、-oio〔-οιο〕型の古い属格形と -ou〔-ου〕(時おり再建できる -oo〔-οο〕の語形は問わないとして)に終わる新しい属格形とを興の赴くままに、あるいは便宜上から使い分けた。詩人はまた、-oisi〔-οισι〕語尾の複数与格(古形)と -ois〔-οις〕語尾(新しい語形)のどちらかを選んだ。韻律法が妨げとなってこの多種多様な語形を統一することはできなかった。ホメロスの言語は諸時代の、けっして同時に使用されることのなかった語形の混合で、その結合は純粋に文学的な自由さから生まれたものである。

更に奇妙なことに、ホメロスの言語は種々の方言形を混合している。ホメロス以後に生じた変形であるアッティカ語法は問わないとして、両詩篇が、小アジアにおいて獅子の分け前に与った二つの大きな種族――アイオリス族とイオニア族――の言語要素を合わせていることは明らかである。イオニア方言はギリシア共通基語の長母音 ā〔α〕の代わりに ē〔η〕を用いる。翻訳する場合この語法を尊重してアテーネー[1] Athēnē とするのはこのためである逆に-ao〔-αο〕に終わる属格はアイオリス方言形で、韻律上この語形を要することが非常に多い。また両方言形が並存することもある。たとえば-menai〔-μεναι〕の語尾をもつ不定詞はアイオリス方言形、-ein〔-ειν〕の語尾ならイオニア方言形であるが、双方が混ざって出てくる。ホメロスの言語の大家で、本書でも諸例を借用しているピエール・シャントレーヌは「ホメロスの方言はイオニア方言形とアイオリス方言形の分かちがたい共存である」と書いている（『イリアス序説』Introduction à l'Iliade, CUP. p.108）。

（1）オリュンポス神界の最高の女神。本来はアターナー Athana〔Ἀθάνα〕であり、これがイオニア方言形でアテーネー Athēnē〔Ἀθήνη〕となった。アテーナー Athēna〔Ἀθήνα〕はアッティカ方言形である。近代語で表記する場合は Athéna, エ Athena, Athene, イ Atena, ド Athene など。

この混合を説明しようとさまざまな方法が試みられた。詩篇はアイオリス方言で作成され、その後イオニア化されたのであろう（箇所によりアッティカ化されるより前に）との見方をする者もあり、また或る人びとは、二つの方言が混ざっている地域で、相互の影響下に作られたのだろうと考えた。詩篇内で併存するこの方言形は、実際の混交（contamination）――時間の経過と共に生じ、詩人が新旧の語形を混ぜたのと同様に、二つの方言が混合すること――に対応する、と考えるのがより一層事実に合う。更に、これ以外の方言形もまれにはみられる。作詩に好都合な多様性に富むホメロスの言語は、誰も話したことのない言語で、それを口にしたのは詩人たちだけである。この言語は、出発点たる長期間の伝承と、詩的言語たらしめようとする熱望を完全に反映している。要するに、ダクテュロス・ヘクサメトロス――ダクテュロス（一つの長音節と二つの短音節）とスポンデイオス（二つの長音節）から成る六脚韻(1)――もまた人びとの話し方ではなかった！　後にこの六脚韻(1)とホメロスの言語は古典ギリシア文学でしばしば模倣された。この「ホメロス風」はいつも、高貴で文学的たらんとする願望に応じるものである。叙事詩はその外面的特徴そのものによって現実の日常生活とは無縁であり、これを第一の特質とする。

（1）詩行の単位を「脚」（pied, ギ pous〔πούς〕, エ foot, ド Fuß）といい、ホメロスの詩篇では、ダクテュロス、ギ daktulo's〔δάκτυλος〕（一つの長音節と二つの短音節からなる　—⏑⏑）スポンデイオス、ギ spondeios〔σπονδεῖος〕（二つの長音節からなる　— —）の二種がある。「脚」はこの場合には「メトロン」ともいえる。これを六つ繋げる詩律が「ヘクサメトロス（六脚韻）」（六つのメトロンの意）である。

2　慣習と器物

――また叙事詩の世界はやや非現実的な世界であって、多面的な、常に美化された過去に属する。そこに登場するのは現在の人間よりも優れた英雄であり王である。

英雄は多くが神々の子で、この点がすでに彼らを格別なものにする。アキレウスは女神テティスの子であり、その父ペレウスはゼウスの孫、アイネイアスはアプロディテの、サルペドンはゼウスの子である。いずれにせよ彼らは並の人間よりも大きく強く勇敢である。これは彼らが王者だからであり、美しい色彩に包まれた過去に属するからでもある。英雄が何か体力的な偉業をなしとげると、ホメロスは、当代の人間には二人がかりでもこれだけのことをやってのける者はいない、とあえて指摘する(『イリアス』第五巻三〇二—三〇四、第二二巻二八六—二八八。第一二巻三八一—三八三、四四七—四四九)。叙事詩の世界にも、怪物や巨人と格闘する現在より強力な世代、神話的な世代の記憶が残っている。老ネストルは『イリアス』第一巻で「今の世の人間どもでは一人として太刀打ちできそうもない相手ではあったが」(二七一—二七二)という。叙事詩は過去の英雄たちの栄光を述べ、その主役たちは、詩人の時代からみれば格別の存在、現代の体験を遥かに超える存在であった。

彼らはみな強力で勇敢で、名誉心に燃えている。彼らは「最上級の存在」であり、この名誉のためならすべてを犠牲にすることができる。

以上の簡単な手がかりだけでも、叙事詩における過去への言及を、証言としてではなく、過ぎ去った世界の美化として扱う気を起こさせる。

詩人が指摘した、相互に結びつきある具体的諸事実を解釈する場合、困難はこうした美化の結果から生まれる。詩人の言及には歴史的厳密さへの配慮が全くないからである。したがって、習慣や具体的事実が並置される場合、それは個々の挿話のさまざまな執筆時期に帰すべきではなく、むしろ、叙事詩の世界に添加された種々の事実からの自由な借用だと解すべきである。

遺体は（ミュケナイにおけるごとく）土葬にされたのか？　火葬なのか（パトロクロスの場合にように）？　この二つの風習はおそらく前後したのであろう。そしてホメロスは自分の時代と過ぎさった時代を混合したのであろう。身体全部を覆う長い楯を手にするのか、小さな丸型の楯か？　これはおそらく時代が前後したのであり、ホメロスの英雄たちはあるいは一方を、あるいは他方をもったのだ。——詩人はとりわけ興味のあるほう、すなわち古いほうを長々と描いているが。次に、女たちはなにか役割をもっているか？　ペネロペイアの境遇をみれば、「否」というべきであろう。しかしパイアケス人の支配者、女王アレテ（アルキノオスの妻）に目を転じると、まったく違うイメージが浮かぶ。アレテは、エジプトで長く行なわれてきたように兄と結婚した。ホメロスは、女王の分別と高貴さによる例外的な場合としている。しかしここには、偉大な神格たちが女神であった過去の、遠い記憶がなにかあるのではなかろうか？　この驚異の王国では、他所《よそ》で知られていない風習が支配している……。また、同じ特徴は住居でも観察できる。パイアケス人の豪勢な宮殿、その青銅の壁、フリーズ、黄金の扉、銀の縦枠、これはイタカにあるオデュッセウスの屋敷とは違っており、他の時代に、あるいは他の時代の夢に、属するのであろう。衣服についても、いつも美しく上等できらびやかであるが、ときには違いがあり、入念な注釈者にとっては頭痛の種である。有名なものを挙げる。『イリアス』第二二巻で、ヘクトルの死に際してアンドロマケが遠くへ放りすてる装身具がその一例である。ホメロスはディアデーム[1]、被り物とその編み紐、最後に、アプロディテの婚礼のお祝いであるヴェールを列挙している。全体は古いオリエントの雰囲気であるが、ここ以外には詩篇のどこにも出てこない。神々の王（ゼウス）を誘惑する装いをこらすのがヘラであっても、女神が身につけるのは「新しく美しい……陽の光りの如く純白に輝」く被衣《かつぎ》（第一四巻一八四―一八五）だけである。美しく豪華であれば、ホメロスはなんでも受け入れる。

（1）diadème は仏文中では問題ないのであろうが、ホメロスの原文には「額に巻く環」ギ ampux〔ἄμπυξ〕（四六九）とあり、「ディアデーム」ギ diadēma〔διάδημα〕「王冠」の語はない。

しかし平均化が行なわれるのも当然で、ホメロスの世界は、先だつ時代の事実を彼がもうよく知らない以上、根本的に前一〇世紀・九世紀のものであり、しかも詩人は自分の時代と違う過去を呼びだそうと努めている[1]、といえる。モージス・フィンリ氏[2]がその研究『オデュッセウスの世界』で受けいれたのはこの原則である。かつまた一つの社会を叙述しようと試みる者にとってこれは便利な方策である。しかし問題が平均化であること、文学的な観点からみれば諸時代の混合が物事を明らかにする場合の多いことに変わりはない。

（1）ホメロスが描くトロイア戦争と「戦後」は「ミュケナイ時代」に属し、その最終期は前一二〇〇年頃である。一方詩篇の成立は前八世紀と考えられている。
（2）Moses Finley, The World of Odysseus. 著者は仏訳して Le Monde d'Ulysse と書いている。

詩人のテクストを通して、詩人の知らなかった古い風習を推測するのは、それだけでも興味がある。アキレウスがパトロクロスの火葬台の上で若いトロイア人らを生贄にする場合、考古学で確認された古い葬儀の様式がみられるが、しかし詩の中では前例のない復讐欲から生じた独自の仕草にようにみえる。また、アキレウスがヘクトルの遺骸をパトロクロスの墳墓の周りで三回曳《ひ》きずりまわすときには、これは明らかに別の儀式で、多くの文書で確認される神事である。けれどもホメロスはこの仕草をも、激昂した感情の例外的な現われとしている。

これは極端な場合であるが、しかし詩人が、「古くみせよう」とする世界と、知らぬ間に影響された彼自身の世界とをしばしば併置することも確かである。

これはいろいろな場合に生ずるが、とりわけ比喩の際に見られる。

詩人が比喩の習慣によって、テクストに加えたこの新しい視野を考慮する必要がある。『イリアス』は唯一の戦場で敵対する戦士と王たちを対立させる。しかし比喩ではそれ以外のすべてを取りいれる。大空、海、嵐、野獣。しかしまた農民、木こり、麦畑のロバ、家畜小屋のハエなどの目立たない世界も……。かくて、叙事詩のあまりにも勇壮なところが修正され、われわれに親しいものとなる。けれども、はじめに気づかれなかった時間的な推移も起こる。この推移は、習慣の領域に見られるいくつかのズレを説明することができる。鉄と魚捕りがいい例である。

英雄の世界は青銅の時代である。ただし、この時代にも鉄は知られていた。がしかしまだ貴重品であった。叙事詩ではすべてが――ほとんどすべてが青銅製である。アキレウスは、競技の賞品に鉄の塊を提供するとき、その値打ちと、農業でのその利用を絶賛する(第二三巻八三一以下)。しかしホメロスは枕詞や比喩の際に、英雄は「鉄の心」をもつとか、キュクロプスの燃える目は、焼けた鉄を水に浸すようにジュウジュウ音がする、などという。この言葉遣いは彼の時代のもので、英雄たちの武器はこれとは時代が違う。また青銅に比べて、鉄は『イリアス』では『オデュッセイア』におけるよりも言及されることが少ない。(1)

(1) この事実は『イリアス』が先に書かれたことと関係があろう。

同じく英雄は通常肉しか食べない。魚を食用にするのは過酷な条件の場合だけであった(『オデュッセイア』第四巻三六八―三六九、第一二巻三三九―三三二)。しかし比喩では、詩人の時代に重要であった魚捕りがしばしば言及され、ここでも『オデュッセイア』が優勢で、魚捕りを大切な生活手段だと指摘している――これは、一部の人が後の時代のものだとする箇所のことであるが。

けれどもなによりも戦闘の実例が特徴的である。

『イリアス』の戦闘では戦車が用いられる(英雄は馬に乗らない。例外は『ドロネイア』で一度だけであるが、この巻は後世のものらしい)。しかし不思議なことに、ホメロスの戦車は戦闘には用いられない。他の国にもみられることだが、これがはじめの役割だったのであろう。ホメロスは『イリアス』第四巻（二九七以下）で一度だけ戦車戦を描いているが、詩篇の他の箇所では戦車は英雄を第一線まで運び、彼らを待っていて連れもどすためにだけ用いられる。しかしこのような使用法は、それが引き起こす混乱から考えてみれば想像しがたい。たぶんこれはホメロスの詩的世界にだけ存在した戦車の使用法であり、詩人は遥か昔の戦車の話を聞き、伝承で知ったのであろう。詩人はこの場合、英雄の個人的な値打ちを賛美するために、自分の知らない戦車の役割を作りだしたのであろう。一対一の戦闘は『イリアス』の最も根本的な点だからである。しかし詩人の時代には新しい種類の戦術がはじまっていた。それは重装歩兵と密集部隊[1]の創出にゆきついた。要するに、新戦術はもはや数人の立役者の武勇にたよらず、一丸となった無名の人間の集団を基礎としていた。ところで、『イリアス』のいくつかの箇所で、他とははっきりと異なるこの戦闘様式にふれている。それは第一三巻一三〇以下、第一六巻二一四以下で反復される一群の詩行の場合である。「槍と槍、楯と楯とをがっしりと組んで楯は楯と、兜は兜と、兵士は兵士と互いにぴたりと相接し、身を屈《かが》めれば、輝く角を立てた兜の頂きに揺らぐ馬毛が互いに触れ合う――兵士らはかくも緊密に身を接して戦列を敷く。」昔の戦争は、部分的に忘れられ、あるいは理解されずに残存し、他方現在の戦争は、個人的行動の描写に備えるためだけに顔を出す。この二つのあいだに、あまり現実的でない、もっぱら叙事詩的な戦闘が作りだされる。

（1）重装備の歩兵 ギ hoplitēs〔ὁπλίτης〕密集部隊 ギ phalanx〔φάλαγξ〕

ホメロス期の事実を探求する学者たちの最近の発見は、感動を呼ぶこともあり落胆の種でもあるが、こうした結果は上記の折衷主義で説明される。

3　ホメロスと発見の実際――クレタの優美な宮殿群が発見され、ミュケナイの宝庫が、トロイアの遺跡が発見された。これらはすべてわれわれの心を捉えてやまないが、しかし詩篇を読むときにわれわれの想像力を掻き立てる以外には、どれもなにも教えてくれない。ミュケナイの黄金の仮面はホメロスの「黄金に満ちたるミュケナイ」[1]をまざまざと空想させるが（『イリアス』第七巻一八〇、第一一巻四六、『オデュッセイア』（第三巻三〇四）、それは実はホメロスの英雄――仮面はその名で呼ばれる――に先立つこと数世紀の物である。またトロイアの遺跡に想いをこらし、そこに叙事詩の場面を想像するならば、叙事詩はいよいよ現実味を増してくる。ところが距離と目標が完全には一致しない。おそらくホメロスはミュケナイの遺跡を噂でしか知らなかった。細かい点は詩的創作によるしかなかったはずで、事実的知識によるのではあるまい。ところが突如、ミュケナイの宮殿の文書すなわちアガメムノンと同時代の文書が読めることになった。それによってホメロス解釈の全体が一新されそうにおもえた。しかし次には、われわれは完全に落胆した。というのも、文書中に「君主」anax の語[2]があり、これが突如歴史の舞台に組みこまれたのは感動的だったが、しかし解読された文書は帳簿や表であって、詩篇に相当するものが全然見当たらない役所仕事であった。ホメロスは、十分に組織されたこの王権の制度を知らなかったらしい。ともかく叙事詩の説話がこれと結びつかないのは当然である。しかし文書は事実の別の面をみせてくれる。この文書は、ホメロスの世界が間違いなく存在したということではなく、それがいかに美化された叙事詩の領域のものであるか、ということを示した。粘土板上にホメロスの英雄たちの名——アキレウス（クノッソス文書）とヘクトル（ピュロス文書）のような——を読むこともないではなかった。しかしこれはホメロスの英雄ではない。ホメロスの中の人名は吟唱詩人の発明で、当時流行の名前をつけただけなのかもしれない。つまりヘクトルはトロイアの人であったというにすぎぬである。突然明らかになった粘土板文書と両詩篇の内容とのあいだにたいして密接な繋がりがないのは、『ロランの歌』(3)とロランの時代の公正証書とのあいだに繋がりがないのと同じようなものである。

（1）「黄金（こがね）満つるミュケナイの王」（一八〇）。アガメムノンを指す。シュリーマンは自分が発見した（一八七六年）黄金の仮面（デスマスク）をアガメムノンのものと考えた。しかしトロイア戦争が事実だったとしても、このマスクはその四〇〇年も以前（前一六世紀末）のものであるらしい。

（2）ギ **anax**［ἄναξ］「支配者、君主、王」。粘土板には **wa-na-ka**（ラテン文字で書けば）とあり、これが ϝάναξ を経て ἄναξ となった。「歴史の舞台……」というのは、それまでホメロスでしか知られていなかったこの語が、その数百年を遡る文書の中で解読されたことを指す。

（3）ロラン **Roland** とは中世フランスの叙事詩『ロランの歌』**Chanson de Roland** の主人公。シャルルマーニュ（カール大帝）時代の武勇伝で有名。この叙事詩には有永弘人氏の訳がある。

これと反対に、最近数十年間の大発見から詩篇の説明へ安易に飛びうつらずに、作り話を通して垣間みることのできる歴史を前にして、漠然たる熱意のままにとどまるならば、考古学と詩作品とのあいだに、密接な関連とおもわぬ共通性を示す細部の符合がみてとれる。それは器物、むろん時代がさまざまに異なる器物の話である。

この符合は、日常の用具ではなく、ホメロスが熱心に描こうとした際立つ器物であるだけに注目される。いくつか有名な例を挙げてみよう。

『イリアス』第一〇巻でオデュッセウスがかぶる兜の場合がそれで、「牡牛の革の造り」であり、外側には「野猪の白い牙が両側にぎっしりと、巧みな細工で植え込まれ」ている（二六一―二六五）。一方ミュケナイ文書はこのようなものを記している。ピュロスにあるネストルの宮殿の壁画（紀元前一二〇〇年頃）と、テラ・サンドリニ島[1]のアクロティリの壁画（前一四八〇年頃）は、この兜のイメージをわれわれにもたらした。言い換えれば、オデュッセウスの兜は『イリアス』ではこの種の唯一のものであるが、たいへん昔のことを記憶しているわけで、ホメロス以前にすでに珍品であった。それは数世紀を経ており、突然われわれは詩人の描写の的確さを確認できた。

（1）テラ島。ギ Thēra［Θήρα］スポラデス群島の主島。イタリア語風には Santorini とつづり、［サンドリニ］と読む。火山島で貴重な遺跡がある。一四ページ（2）参照アイアスの「櫓《やぐら》の如き」大楯についても同様で、七枚の牡牛の革で造られており、八枚目は青銅製である（『イリアス』第七巻二一九—二二三）。考古学はそのイメージを伝え、テラ島の壁画では猪の牙のある兜と関連付けられている。ところが文献は、この種の楯はトロイア戦争の時代にはもうほとんど消失していたたことを示す。

ホメロスが珍品として念入りに描いているネストルの杯《さかずき》についても同様である（『イリアス』第一一巻六三三—六三五。「黄金の鋲が打ってあり、それぞれの把手の両側に、餌をついばむ姿の黄金製の鳩二羽が造りつけてあり、台座は二重になっている」）。把手は四つ、把手が二つだけという点を別として、シュリーマンの発掘で、これとよく似た杯が見つかった。このミュケナイの杯は、その後数世紀の出土品の中にも同種のものをみない。これらすべての場合を通じて、われわれの前にある器物は、珍しさあるいは美しさゆえに伝承が記憶にとどめたのであり、そして、その実在がわれわれに知られた。

また、文献の証言はあまり完全でないが、詩人が敬意をこめて指摘し、後に多少にかかわらず失われた製作技術を前にすると、やはりそれに強い印象を受ける場合がある。ヘパイストスがアキレウスのために製作した楯の立派さをホメロスが長々と描写する場合、ミュケナイで発見された短刀に施されているような象嵌の技術を想わせるものがある。アルキノオス王の理想化された宮殿を描くときは、扉と縦枠の黄金や銀、ラピス・ラズリ、あるいは青ガラス製のフリーズを語る（『オデュッセイア』第七巻八七）。

ところでミュケナイの墳墓からはこういう素材の断片が出土し、またこういう象嵌のあるティリュンス[1]製のフリーズが現われた。つまりこれまた遠い過去からの記憶であり、今日われわれはその正確さを測ることができる。一方この同じ素材は、キュプロス王キニュラスがアガメムノンに贈った胸当てにもみられる(『イリアス』第一一巻二三―二八)。この胸当てにはミュケナイ的な要素はなく、フェニキア人の影響の下でキュプロス島民が得意としたもっと新しい細工の形式に似ている。ホメロスにおいては、美しい器物の持ち味は古拙さと異国趣味を繋げたものである。

(1) ミュケナイの「衛星都市」に当たる。

すべてが混合である。猪の牙のある昔の兜がまさに『イリアス』第一〇巻に登場するが、この巻はしばしば新しい巻とみなされる、ということを指摘したい。これはまた、英雄がはじめて騎乗する[1]巻であって、最古と最新が問題なく隣り合っている。

(1) 騎馬の戦闘は新しい時代を想わせ、兜の古さとは逆である。

歴史の多様性は詩篇の中でひとつになる。

4 歴史と詩篇

――以上のすべての器物で最も注目すべき特徴は、描写を素晴らしくするのに役立つことである。ホメロスはいい物はできるだけ取りいれる。彼は好んで遠い過去の記憶を取りもどす。それがだめなら、もっと新しい世界を描く。そして機会あるごとに、これらのすべての逸品に最近の、はっきり言えば実在しない逸品を加える。

この点で最も際立つのはヘパイストスの場合である。もちろんこれは神である。この鍛冶の神は現在のもの、過去の偉大な時代のものよりも、はるかにすばらしい器物を製作することができる。それゆえアキレウスのために比類のない甲冑を造る。楯の描写は『イリアス』第一八巻の四七八から六〇八行に及ぶ。その描写は当時の技術に敬意を払い、考えられるどんな物よりもすべてが美しくより豊かでより装飾的である。楯は全世界を表わす。空と海、太陽、月、星辰、平和な町、婚礼、踊り手、判決の下る訴訟、また両軍に占拠された戦争中の町、城壁の上の婦女子、出陣する男たち、男たちと共にある神々、そして乱戦。畑で農作業をする男たち、収穫の行われる区域、ぶどう畑、家畜の群れ、踊り手たちと踊り場……。一言でいえば、楯は多種多様な人間生活の全体像を描く。ゆえにこの途方もない大作は人間の最高技術の線上に、否、非現実の線上にある。世界中のいかなる発掘もこんな楯を掘りだすことはないだろう。更にホメロスは、ヘパイストスが仕事をはじめるに先立ち、黄金の車輪のついた二〇個の三脚釜を造りあげるさまを見せる。それは「釜が神々の集会の場にひとりで[1]入って行き、また元の屋敷に戻ってくるという仕掛けで、まことにみる目を驚かす見事な細工であった」(第一八巻三七三―三七七)。これらの三脚釜は「自動機械」だという。同じくヘパイストスは歩くために、ふたりの侍女に支えられる。

「生きた娘さながらに造られた黄金製の侍女たちが、主《あるじ》の身を支えながら足早に歩んでくる。侍女たちの胸中には心が宿り、言葉も話しまた力もあり、神々から教えられてさまざま手業の心得もある」（第一八巻四二〇以下）。心をもった自動機械とは今日なおわれわれの夢ではなかろうか？　じじつ鍛冶の神の作品は現実の枠を越えている。それは、あらゆる英雄が、神が彼らの面倒をみるやいなや、あるいは詩人が彼らを生みだすやいなや、現実の枠を越えるのと同じである。

（1）「ひとりで……」の原語はギ automatos〔αὐτόματος〕であり、著者はそれを automates「自動機械、ロボット」と言い換えた。これはほとんどそのままの語形で現代語になった。ド Automat「自動販売機」など。

以上の理由によって、これまで二種の研究に触れなかったが、この研究は活気に満ち、しばしば示唆するところが多い。

その第一は歴史にではなく地理に関連がある。ヴィクトル・ベラール[1]の見事な業績はオデュッセウスの地中海における旅程と滞在地を確認しようとする努力であった。こうしてロートス常食人の島はジェルバ島[2]であり、キュクロープスの国はナポリ湾にあり、アイオロスの島はストロンボリ島[3]である、等々が、かなりありうることとして確かめられた。同様に、ストロンボリ火山島を一部とするリパリ諸島は現に「エオーリエ諸島」と呼ばれており、キルケの記憶は南イタリアのチルチェオ山[4]に残っているという。死者の神託所はアヴェルノ湖[5]近くにあり、カリュブディスとスキュラ[6]はメッシナ海峡のの両側である。カリュプソの洞窟はもっと遠くジブラルタルあたりにある。しかしパイアケス人の国は伝承どおりコルフ島[7]であろう。

(1) ヴィクトル・ベラール、Victor Béard, 1864 -1931. フランスの政治家、古典学者。とくに『オデュッセイア』の校訂と地中海の実地踏査で著名。
(2) ジェルバ。チュニジアの島で、ガベス湾にある。
(3) アイオロス、ストロンボリ島。シチリア島の北にあるリパリ諸島（ィ Lipari）は古代に「アイオロス（風の神）の島々」ギ Aiolou nēsoi〔Αιόλου νῆσοι〕と呼ばれ、現在でもイタリア語で「エオーリエ諸島」ィ Isole Eolie という。ストロンボリ島はこの諸島中の活火山。
(4) チルチェオ。ィ Circeo 南イタリア西岸の山。魔女キルケ ギ Kirke〔Κίρκη〕はイタリア語でチルチェ Circe という
(5) アヴェルノ湖。ナポリ湾に近い湖。古代には冥界への入り口と考えられた。
(6) カリュブディス、スキュラ。前者は海の渦巻の擬人化。共に怪物（女性）でメッシナ海峡に住む。
(7) コルフ。イオニア海の島。古代名はケルキュラ。

これらの研究を引証することは有意義であって、説得力のあるものも、それほどでないものもある。いずれにしても西地中海の知識がこれほど広がっていたと分かったのはすこぶる興味深い。けれども、地理についても歴史の場合と同様のことがいえるから、ここで以上の点をあまり強調しなかった。ホメロスは、アルゴ船の叙事詩から借りた、起原からいえば黒海附近の伝説の要素を彼の挿話に繋げたとされる（これは一九二一年にK・Meuliが明らかにした）。もしこれが本当だとすると、詩人は正しい信頼する

にたる多くの情報に、無知や想像、それにおそらく種々の伝説を混合したわけである。

アカイアの遺跡での発見と同様、オデュッセウスの寄港地を訪れることは夢を抱かせ、『オデュッセイア』に――『イリアス』の場合の考古学と同じく――実在感を与える。しかし『イリアス』が歴史に忠実でなかったように、『オデュッセイア』も地理に忠実だったわけではない。ここでも長期にわたる伝達と変更によって詩人は少しずつ事実から解放されたのだ。

しかし詩人のこの自由さについてあまり即断すべきではないし、どこであれ、いつであれ、ともかく彼に重くのしかかっていた諸事情を軽視すべきでもない。他の一連の研究が示唆するのはこの問題であって、『オデュッセイア』でも『イリアス』でも研究のポイントは、〈歴史は反撃を企て、まさに創作そのものに際して詩人を誘導した〉、という観点にほかならない。

こういうわけで、或る種の挿話を扱う方法とか、特定の英雄、神々、人民の重視とかの背後には、どこかの王家、至聖所、あるいは都市国家間の対抗が影響していると認めようとする人がいる。たとえば、レラントスの戦いとして表わされたコリントス[1]とエレトリアの競争は『オデュッセイア』のいくつかの挿話に影響せずにはおかなかったろう（F・ロベールの『ホメロス』によれば、キュクロープスとパイアケス人の場合がそれである）。

（1）「コリントス」はカルキスの誤り（原注）。エーゲ海の大島エウボイアの二市カルキスとエレトリアはその間にあるレ

ラントス平野 ギ Lēlanton pedion〔Λήλαντον πεδίον〕の支配をめぐって争った。

これらの研究が適切にもわれわれに教えるのは、歴史は詩人の指摘するものたるにとどまらず、また詩人にその指摘を命じるものでもある、ということである。この影響を明確ならしめることはいつの場合も強くわれわれの興味を引く。しかしこの方面では、われわれは真の確実な点に到達することができず、単に文献の特殊な諸点を基礎にして漠然たる認識で満足するしかない。

四囲の事情からの影響とならんで、作品に書かれることのなかった詩人の根本的な意図にまで常に遡る必要があろう。詩篇はその全体が、歴史から出発し、歴史の過程に沿い、そして或る程度は歴史に反して制作されたからである。

第三章　両詩篇の構成

ホメロスの叙事詩が成立するまでの錯綜した事情と時代と素材を考察した場合、たどたどしい歩みの後に、その構成を貫く比類ない調和を突然発見するのは、いつもながら驚きである。両詩篇はどちらも二四巻を数える。この区分が後世のものだとしても（伝承ではアレクサンドリア[1]時代であるが）、区分は実際の内面的リズムに呼応しており、とりわけ両詩篇の雄大さをおもわせる。ところで、この雄大さにもかかわらず、統一感はゆるぎなく、構成は『イリアス』において鮮やかであり、『オデュッセイア』において精緻をきわめ、全体的にみて奇蹟ともいうべき完璧な立体構造をなしている。

(1) ナイル河口の都市。アレクサンドロス大王以後の前三二〇年頃―前四〇年頃にプトレマイオス王朝の支配下で繁栄した。この時代の世界化されたギリシア文化をヘレニズムという。

I 『イリアス』

『イリアス』においては主題ははじめの数行で告げられる。「怒りを歌え、女神よ、ペレウスの子アキレウスの――アカイア勢に数知れぬ苦難をもたらし、……かの呪うべき怒りを……。」アキレウスの怒りは第一巻で華々しく歌われるが、彼をアガメムノンと対立させるのはこの怒りであった。アガメムノンが虜囚の女ブリセイスをアキレウスから奪ったからだ。アキレウスは烈火のごとく怒り、戦線から離脱する。彼は母なる女神テティスのもとでこれを嘆き、テティスはゼウスにこれを訴える。女神は、アカイア人たちがわが息子に崇敬の念を表わすまでは、トロイア方を勝たせるように、とゼウスに求め、ゼウスは受け入れる。これ以後、アキレウスのまことに人間臭い怒りと、今後の戦闘を左右する運命とが動かしがたくに結びつく。それはすでに第五行で「ゼウスの神慮[1]」と呼ばれたものによる。

(1)「神慮」はギ boulē〔βουλή〕で、「意志」を意味する。

アキレウスの心の葛藤は物語の決定的な時期を画するものとなる。

アキレウスは永いことその怒りを噛みしめる。この間、一進一退はあるにしても、勝負は予想されたとおりトロイア方に有利に傾く。第一〇巻で、アキレウスのもとへアガメムノンによって使者が派遣されるが、これは失敗に終わる。戦闘が再開される。

次いで前触れのなかった急展開[1]が起こる。アキレウスがきわめて人間らしい理由で戦闘に復帰するにいたる。アカイア方の蒙る災厄を目のあたりにして、アキレウスの親友パトロクロスは憐れみに耐えきれず、彼に代わって戦線に出る許しを請う。アキレウスの武具を借りうけ、トロイア方を畏怖せしめる好機到来……。アキレウスは承諾する。しかしパトロクロスは深入りする。彼は戦闘の激烈さに押しながされ落命する。まさにこれが第一六巻で、『イリアス』のまことの転回点をなす。

(1)「急展開」péripétie, ギ peripeteia〔περιπέτεια〕「急変」。これはアリストテレスが悲劇の必須の要素として掲げたものである。

その後情勢は一変し、アキレウスは戦線への復帰を決意する。われわれは筋立ての美しさを感じる。彼が戦闘に復帰するのは、はじめに予測されたのとは違って、自尊心が満たされたからではなく、哀悼と友情、憤怒と悔恨による。パトロクロスの死は彼に新たな怒りを吹きこむ。今度のは親友を殺した者への新たな怒りだ。だから彼の戦線復帰の決意は時を移さずだった(第一八巻)。すなわち彼はヘクトルを殺し(第二二巻)、神々と老プリアモスの仲裁による以外は、ヘクトルの遺体の返還に応じない(第二四巻)。

ゆえに、第一、一六、一八、二二および二四巻を通じて筋道の立った唯一の出来事が展開し、各段階はきちんと整理されている。この筋の展開を促すバネは、アキレウスの人物そのもの、その怒り、その苦しみ、その復讐の念と究極の戦線復帰受諾にある。これらの諸巻は『イリアス』の力強いリズムを形成し、その骨格を形作り、悲壮美を確かなものにする。

しかし更に、詩篇全体を通じて、一連の描写がこの連鎖そのものに一種の悲劇的な必然性を付与する。

ゼウスの神意に言及しているのはその一つである。すべての戦闘を通じて、けっしてこの神意が見失われることはない。神意の実現を遅らせるためには、アカイア方に味方する神々の一人がゼウスの不注意あるいは居眠りにつけこむ必要がある。しかしこれはけっして長続きしない。いつ何時大きな進展が起こるか分からぬし、アキレウスは戦線に戻らねばならぬだろうし、じっさい戻るからである。

こうしてアキレウスは自分自身の命運を自分で決める。というのも或る予言によれば、ヘクトルを殺した後、彼自身も殺されるはずだからである。アキレウスの死が近いという、第一巻で言及された考えは第九、一八、一九、二一ならびに二二巻でいよいよ明確になる。こうして統一性は、規則正しい容赦ない進行という印象によって完璧なものになる。

アキレウスの死が近いという考えに結びつく悲劇性は、物語の筋書きを超えて『イリアス』に時間の延長をもたらす。同様に叙事詩は、新たな開始を印象づけることで、既に経過した九年間の戦争を圧縮する。[1] こうして、第二巻には対峙する軍勢とその隊長の一覧表、第三巻には、アカイア軍の主な人物の名を挙げよという、美女ヘレネに向けた、砦の上からの老プリアモスの一連の問いかけがなされる。つまりアキレウスの怒りを中心に構成された叙事詩は、この数週間の(停戦期間を考慮すればもっと短い期間の)筋立ての中に、進行中の戦争、明日の戦争の明確な見通しをそっくり包みこむ。構想全体の確かさ、一切を集中する巧妙さはアリストテレスの賛嘆してやまぬところである(『詩学』二三、1459, a 30)[2]。

(1)『イリアス』はトロイア戦争継続一〇年の最終段階を描く。

(2)『詩学』はアリストテレスの文学論。「ホメーロスは、ほかの者たちにくらべて、この点においても神技の詩人といえるであろう。」(松本仁助、岡道男両氏訳)

この優れた構想全体が『イリアス』に力強さと人間性を付与したことは明白である。しかし叙事詩の素材——強い拍子のまわりにきちんと整理された素材——そのものが、構図の確かさを多様にする微妙な構成感覚に従っている、という点をつけ加えねばならない。

これはとりわけ、作品の大部分を占める——少しの単調さも感じさせない——戦闘場面についていえる。

まず、成果はいろいろで、主要な劇的変化と密接に関連する。大雑把にいえば、四つの盛り上がりがある。第一の戦闘は第三巻から第七巻までつづき、結末は決定的ではなく、夜になって中断される。第二の戦闘は第八巻で展開され、アカイア方には不利である。夜間の行動は第一〇巻までつづくが、夜明けと共にまた戦闘はやむ。トロイア方の優勢は翌日もつづく。ここに一連の成功があり、第一六巻でパトロクロスの参加に達する。ここからアカイア方の状況は立ちなおり、成功また成功で、第二〇―二二巻のアキレウス戦線復帰となる。かくて、はじめ中立だった運命の女神は、戦況の推移につれて一方の、あるいは他方の陣営を助け、アカイア勢に、次にまたトロイア勢の城塞に味方する

加えて、これらの戦闘は種類と方式がさまざまである。その第一の最長のものは二つの一騎討ち（第三巻と第七巻）の枠にはめられる。武勲と混戦が交替する。平地の戦闘は城壁戦に移る（第一二巻）。そこに急展開が加わり条約が締結され、そして破られる（第三巻二四五以下、第四巻七三以下）。使節派遣が第九巻を、夜間の待ち伏せが第一〇巻を占める。しかし物語は一時停止され、次々と英雄の功績を追う。すなわち第五巻はディオメデス、第一一巻はアガメムノン、第一六巻はパトロクロス、第二〇巻はアキレウスに集中する。また物語は場合により、或るときは負傷を（メネラオス、第四巻一二五―一二〇）、或るときは悲痛で残酷な死を描くために、歩みを止める（サルペドンとケブリオネスはふたりとも第一六巻で、死の直前のパトロクロスによって殺され、またリュカオンは、ヘクトルを殺そうとして待ち構えるアキレウスに殺される）。

しかしこの多様性は偶然の連鎖ではなく、その正反対である。最初の闘いは二つの一騎討ちを両端と

する穏やかな形で終始するが、ヘクトルの死という最高点に登りつめるために、そこにいたる第二二巻の直前で、戦闘の拡大が起こる必要がある。第二〇巻では奇蹟が起こる。ポセイドンとアポロンが戦闘に加わる。次いで第二一巻で河神そのものが加わり、次に火災が、やがて神々が参加する。同時に殺戮が激化する。憐れみの心はすべて消える。戦闘のリズムは筋の進展に従う。

もしこの全体の中で戦闘の場面そのものが、戦闘場面を筋の進展にいっそう密接に結びつける他の場面と次々に入れ替わらなかったならば、以上の話はたいして意味をもたなかったろう。

まず神々のもとでの場面がある。戦闘の帰趨はゼウスの神意に結びついており、かつゼウスは、分裂した神々——両方の陣営に子ども、友人、支持者をもち、絶えず彼らのために干渉しようとする神々——の世界を支配するのであるから、彼ら神々の役割は重大である。筋が二重に展開するのはこのためである。最初からアキレウスの恨みが母テティスをゼウスのもとへ行かせる。ゼウスの決定は神々の会議を動かす。神々の場面は四九三行から六一一行までつづく(『イリアス』第一巻)。更に神々の別の会議がある。第四巻のはじめ、一つの会議で、条約が破棄され戦争が再開されたことが知らされる。第七巻のはじめで(第二戦の開始)ゼウスはもう一つの会議に介入し、神々に手出しを禁止する。ところがこれと反対に第二〇巻の冒頭、すなわち最後の戦闘——アキレウスがヘクトルを倒す戦闘——についての会議では、ゼウスは神々に介入を許可する。また、第二四巻で、アキレウスの冷酷さを非難し、ヘクトルの遺体を遺族に返すよう彼に望むのも神々の会議である。このように筋の重大な転機は神々の決定に結びつく。神々の物語は叙事詩に多様性を加えるだけではなく、もう一つの様相を呈する。

しかしこれに加えて、神々の独立の行動も戦闘の展開に大きな位置を占める。神々は矢を誘導し、矢の向きを変え、戦闘員を誑《たぶら》かし、人間の姿をして闘いに加わる。ゼウスの命により神々がなにもしてはならない期間でも、ポセイドンは密かに手出しをする。ヘラはもっと上手《うわて》で、ゼウスを騙して眠らせる。この急展開は、滑稽な挿話で戦闘の描写を中断しながら、ゼウスがうとうとしているあいだはアカイア方に戦果があがり、彼が目を覚ますとトロイア方が立ちなおるという合戦の二重の動きを導入する。最後にアキレウスの戦線復帰が甲冑を必要とし、第一八巻のほとんど全体がヘパイストスの所にいるテティスを描き、ヘパイストスはアキレウスのために新しい武器を製作する。これは戦闘の一時休止の場面で、アキレウスの戦線復帰の見事な準備であり、全体の基本構想を活用する一つの方法である。すなわち、アキレウスはパトロクロスに武器を貸しあたえ、パトロクロスが倒れたときヘクトルはそれを奪った。そしてこの行為はゼウスにとって、ヘクトルの死が近いことの予兆であった（第一八巻二〇〇—二〇八）。つまり新しい武具の製作が筋の転換を画する。もう一度いうならば、神々についての挿話は単調さを打ちやぶるばかりか、遥かにそれを上回る。それは諸部分の連鎖を強調し、全体の悲劇的な意味を浮き彫りにする。

人間同士の場面のもつ役割もこれと同じである。

アカイア方では皆が戦士の陣営内にとどまるから、この役割は限られている。しかし質が量を補う。相互に相異なるアキレウスとパトロクロスを結ぶ感情、アキレウスの優しい心遣いとその後の絶望、ブリセイスの悔恨、これらはすべて痛切な繊細さをもって扱われる。しかし同時に、この情愛と、そこからくる絶望はまことに筋の根本的な原動力である。アキレウスがパトロクロスを戦いに赴かせたのは彼に対する配慮からであり、アキレウスを戦闘に復帰させ、殺害と残虐に駆り立てたのは、親友の死が引きおこした絶望であった。彼が喪に服して大地に横たわり、その母がネレイデス（海のニンフたち）に囲まれて彼のもとに来る第一八巻の大いなる瞬間(1)は意義が深い。横たわっていた彼は、自分自身の死を覚悟しつつ、仮借ない復讐をしようと身を起こす。

(1)『イリアス』第一八巻三五以下。

トロイア勢では事情はもっと微妙である。ヘクトルは全家族と多くの女たち、ヘカベ、アンドロマケ、ヘレネに囲まれている――母の腕に抱かれた幼子《おさなご》はいうまでもない。さてホメロスは、描写に変化をつけるだけではなく、詩篇の筋に比類ない悲劇的な抑揚を加えるためにこれらの人間を用いる。二つの巻はヘクトルの周囲の人びとに重要な立場を与える。まず第六巻では都《みやこ》にもどったヘクトルが次々と、ヘカベ、ヘレネ、アンドロマケに会う。この巻はアンドロマケとヘクトルの別れで頂点に達する。それは内輪の、優しさに満ちあふれた、しかし恐怖と、ほぼ確実な死と敗北とがそれとなく暗示される情景である。このきわめて人間的な場面はあらゆる戦争の、すべての悲劇的な追悼を象徴するともいえる。しかし同時にこれは、『イリアス』の最終場面と悲劇的に重苦しく呼応する。ヘクトルが倒れようとする最後の戦いの瞬間に、二度にわたってプリアモスとヘカベの姿を見出す。この父母は第二二巻のはじめで、死闘を断念するよう息子に懇願すべくちょっとだけ姿を現わす。つまりアキレウスの勝利の巻は哀悼の悲しみに終わる。同巻の終わりで彼らは息子の死を嘆く。またアンドロマケは彼女なりに悲痛に身をゆだねる。叙事詩そのものもこの死の悲しみで幕を閉じる。第二三巻は死せるパトロクロスを称える競技に捧げられる。第二四巻はヘクトルの遺体がトロイアに返還される場面で、第六巻の三人の女——アンドロマケ、ヘカベ、ヘレネ——が埋葬に先立ちこの若者の死を嘆く。

ゆえに、両陣営におけるこうした人間的な場面は叙事詩の強烈な脈動を高め、それに痛切きわまる悲劇的な意味を与える。広大な全体の中には、全体の構図に直接間接に結びつく要素があり、その或るものは、既にみたとおり、確かに後になって追加されたものであろう。だがしかし、全体の線は一本であって、細部は多くの場合、完璧な技法でそこに付加されている。

II 『オデュッセイア』

この技法は『オデュッセイア』にも見られるが、しかしはるかに込みいった形で展開される。『オデュッセイア』は、さまざまな場所で繰り広げられ、かつおそらくいくつもの原材料に呼応する種々の筋立てを取りまぜている。

これは、トロイア戦争後のオデュッセウスの帰国物語としては『イリアス』の続篇であり、ここに登場する中心人物は『イリアス』に出ていて、同じ特徴をもつ。しかし、他の全員と共に一つの戦争に加わるのではなく、彼は地中海にまたがるいろいろな出来事に巻きこまれる。すなわち、怪物、食人鬼、セイレーン、妖精……に出会う。こうして詩篇は、旅行者の冒険にまつわる多数の民話風の伝承を結合する。われわれは、ほとんどすべての挿話をエジプトのお伽話や多くの国々の昔も今も変わらぬこうした伝説に関係づけることができる。けれども、トロイア帰りの英雄とこの冒険談を結びつけることがすでに一つの問題であったことは十分理解できる。

イタカへの長期間の帰路に重みをもたせるべく、作者は英雄のもどるべき故国の叙述を挿入した。これによって、事件はいよいよ複雑になる。ひたすら待ちわびる家族の気持ち、彼の妻と財産をものにしようとする求婚者たちの脅迫、彼だけが終わらせることのできる陰謀と裏切りがそこにある。こうした話は王に忠誠を誓う人たちの焦燥感をいっそう強く感じさせる。彼らは王に目標を伝え、その達成の差し迫ったこと、オデュッセウスがその場で耐えねばならぬ格闘の重大さを明らかにする。オデュッセウスはまず帰郷し、彼の古巣でその地位を回復せねばならぬ。

全体の立体的構成はここからの結果で、これについて一部の人たちは、複合的なのは次々に追加されたためだ、と主張した。しかしどんな方法で仕上げられたにせよ、この構成は実際他に例をみないほど堅固である。

『オデュッセイア』には重要さの異なる三つの主題がある。はじめの四巻、すなわち「テレマキア[1]」はオデュッセウスの息子テレマコスの不安な気持を描く。彼はアテナ女神の助力を受け、求婚者たちの反対を押し切ってピュロスへ、次いでスパルタへと父の消息をたずねて出発する。

(1) 第一―四巻の総称で、「テレマコス物語」というほどの意。

テレマコスが、また彼と共に読者が、オデュッセウスは健在だが、カリュプソのもとに引きとめられている、と知らされたあと、[1] ひとまとまりの八つの巻[2]はオデュッセウスがカリュプソのもとにいるとし、そこを発ってパイアケス人のところにたどりつくまでの彼の冒険を語り、かつオデュッセウス自身にその他の冒険談を語らせる。物語の末尾でパイアケス人はオデュッセウスをイタカへと連れもどす。

（1）第四巻五五四—五七五。
（2）第五—一二巻を指す。第九巻以下がオデュッセウス自身の語る冒険物語。

案内のふたりの息子はこの時から一致協力する。第一三巻ではオデュッセウスはイタカにおり、第一四巻では彼は老豚飼いのエウマイオスに迎えられる。第一五巻でテレマコスは変装した父と一緒になり、第一六巻で父であることが分る。第一七巻で、読者はテレマコスと、依然として変装中のその父と共にイタカの屋敷たどりつく。

そこで最後の幕が切っておとされる。オデュッセウスは彼の乳母に正体を知られ（第一九巻）、その強弓《ごうきゅう》で求婚者たちに打ち勝ち（第二一巻）、彼らを殺戮し（第二二巻）、妻を見つけだし、ついに夫たることが認められる（第二三巻）。第二四巻は、一部は冥府で、一部はオデュッセウスの父、老いたるラエルテスのもとで進行するエピローグにほかならない。これは筋の最後の引き延ばしで（全部が古いわけではなかろうが）、アレクサンドリアの学者たちは、筋の本来の結末は第二三巻の末尾であったと考えている。

この第二四巻を別として（古代の習慣を考慮すれば、この巻をあながち非難することもできない）、全体の立体的構造は力強く、イタカ→オデュッセウス→イタカのオデュッセウス、と配置して、素晴らしく興味をそそられる。

とはいうものの、構成の基礎はいくつかの奇妙な要素を引きずっており、それは無用に人の意表をつき、とりわけ作者が当面した困難をうかがわせるものであった。神々の二度の会議がそれで、第一の会議は「テレマキア」の、第二はオデュッセウスにかかわる部分の、端緒をなしている。第一の会議以後、アテナはテレマコスとオデュッセウスに気をくばるようにと、ゼウスに求める。その結果今度は、アテナ自身がオリュンポス山の高みから下ってきて、姿を変えてテレマコスの支えとなり、オデュッセウスの消息を求めて出発するように力を貸す（第一巻九六）。第二の会議の結果、ゼウスはヘルメスをカリュプソのもとへ派遣し、「オデュッセウスを出発させるように」と彼女にむかっていわせる。二つの会議は二重の機能を果たしているが、しかしまさにこの手順は、筋の幕開き二重性、すなわち『オデュッセイア』の構成の基礎である二重性を強調するものだといってよい。

一方この唐突な場面転換は明らかに例外的である。古代の著作者はふつう直線的連続（たとえば歴史にみられるような）を好む。しかし『オデュッセイア』には、一人物がわきにどけられ、進行が一時休止になる期間がある（たとえばスパルタにおけるテレマコス）。『オデュッセイア』における日数計算[1]を行なうときに、これが考慮された（E. Delebecque）。けれども二つの筋書きの合体そのものが、この素材——いくつもの舞台と筋の同時進行を含む素材——の中で、連続性を維持するのにどんな技法が必要だったかを示している。

(1)『オデュッセイア』の第一日目（神々の会議）から数えて第三二日目にパイアケス人の国でオデュッセウスはトロイア戦争以来の旅と冒険を物語る。翌第三四日目に故郷イタカにむけて旅立つ（W.B. Stanford）。

更に、オデュッセウスに当てられた第二部の内部では、手順はいっそう込みいってくる。というのも、詩人は、数年におよぶ漂白と冒険を四〇日間の詩篇にまとめたからである。そのために、詩人はオデュッセウスの口を借りて物語らせるという方法を採り、一種の時間の切断に訴えることも辞さなかった。第五巻はカリュプソのもとにいるオデュッセウスを取りあげ、彼をパイアケス人の所へ導く（第六巻、第七巻）。カリュプソのところに到着する以前のすべての冒険談は彼の口から、まさにパイアケス人の国で語られる。この物語は、第九巻（暴風、ロートス常食人、キュクロープス）、第一〇巻（アイオロス、ライストリュゴネス[1]、キルケ）、第一一巻（冥府）および第一二巻（セイレーン、カリュブディスとスキュラ、太陽の雌牛）にわたる。第一二巻の末尾、四四九行でまたカリュプソにもどる。オデュッセウスは第五巻で彼女のところにとどまっていたのだ。このねじれのために時間が逆転させられる。詩人の語りは最後の冒険を述べ、オデュッセウスの語りはそれに先行する事件を述べる。ここでも二つの話の筋は、イタカへの帰還の鐘が鳴りひびく第一三巻のはじめでやっと一つに繋がる。

(1) ライストリュゴネス ギ Laistrugones［Λαιστρυγόνες］、イタリア南部の人間を食う巨大な怪物。

先の場合もそうだったが、この手順はいくつかの奇妙な要素を引きずっている。オデュッセウスのイタカへの出発は説明なしに遅らされるが、それは、以上のすべての物語に余地を残すためである。そしてこの荒っぽい感じは改作のせいかもしれない、と考える人がいる。むろんこれはありえないことではない。けれども、構成全体のゆとりと多様さを忘れてはなるまい。

まず、語り手が代わる。語り口は更に率直になる。詩人は異常な話の責任を語り手に委ねる。次に、オデュッセウスの冒険談は巧みに順序づけられる。たとえば、数多くの危険、怪物と敵対者のただ中でも、友好的な土地、友好的になってくれる土地に三たび辿りつく。まずキルケのところで、どんなひどい目に会うか知れたものではない。この魔女は人間を豚に変える恐ろしい女だ。しかしヘルメスは彼に、彼女から身を守る手立てを授け、万事が友愛の絆に終わり、それは「丸一年」つづく（第一〇巻四六七）。

新たな一連の冒険の後、オデュッセウスはカリュプソ(1)のもとに漂着する。しかし彼はキュクロープスのところで彼の船団を、また漂着の直前に船乗り仲間を失って、ただ一人だ。カリュプソは彼を迎えいれ彼を愛し彼を離さない。彼女は彼を自分のもとに七年もとどめる。彼女は彼をなおも手許においておきたい。彼に、永遠の生を共にしようとまで申しでる。彼女が彼を七年間「匿《かくま》った」のち、パイアケス人の国へ向かうための筏作りを手伝うのは、ゼウスの命令でもあり、またオデュッセウスが選んだ道でもあった。

（1）カリュプソ Calypso, ギ Kalupso〔Καλυψώ〕の名は動詞 ギ kaluptō〔καλύπτω〕「包む、隠す」から作られたのであろう、という。なお「ヨハネの黙示録」Apocalypse, ギ Apokalupsis〔Ἀποκάλυψις〕は「覆いを取りのぞく（apo-, ἀπο-）」が原意である。

パイアケス人の国に着いたのはオデュッセウスの三度目の漂着で、第三の女が彼を迎える。しかしこれはもう魔女でも妖精（ニンフ）でもなく、魅力的な若い娘で、彼女はアテナのお告げで、水場へ洗濯をしにきていた。彼女は、人びとが豪華にまた礼儀正しく寛容さをもって暮らす理想の民の王女でもある。この若い乙女ナウシカアとアテナのお陰でオデュッセウスは乙女の父に迎えられ、そしてこの父の好意で贈り物を山と携えてイタカへと導かれる。

この三人の女性のうち最初のキルケだけは伝承に由来するが、他のふたりは詩人の創作らしい。しかしいずれにせよ、なんとバラエティに富み、なんと見事な積み重ねであろう！　徐々に人間に近づくこの三人の女性は妻ペネロペイアのもとへの本当の帰宅を準備する。三人はオデュッセウスを手許にとどめ、彼のような夫をもてるものなら、と思ったでもあろう。しかしこの三度の滞在ののち、彼が帰ってゆくのはイタカへ、彼の小さな貧しい島へ、もう若くはない彼の妻のもとへである。

この最後の、イタカの部分では、闘争と策略は宮廷の陰謀そのもので、アテナが絶えずその愛するオデュッセウスに授ける援助を別とすれば、神話風のものはなにひとつない。

「テレマキア」ではアテナは変装して重要な役割を果たす。次にオデュッセウスの冒険では女神はたいして活躍しない。ポセイドンが腹を立ててオデュッセウスを追跡するようなことは彼女はなにもできないでいる。しかし第五巻（三七七以下）でオデュッセウスの筏が壊れ、やっと板切れにつかまるばかりなのを見て、ポセイドンはついに勝ったとおもい、安心して難破の現場から去る。しかしアテナはこの機を逃さず、オデュッセウスを助けにくる。これ以後彼女は彼についていてくれる。彼女は彼がイタカに到達すると優しく言葉をかけ、絶えず小さな奇跡を行ない、彼は彼女を身近かに感じる。

だがしかしこういう助力にもかかわらず、彼がその地位と王国を回復するにはなお七巻を要する。詩人は挿話を幾重にもし、事柄の進行を遅らせ、場面を増加したのだといえる。オデュッセウスがまず傷痕のお陰で自分の乳母に正体を見破られ、そのあと三巻を経て、妻ペネロペイアにみずから進んで自分を認めてもらうという進行に目を見張る人もいる。確かにここではいくつかの伝承が融合している。しかしこれは十分考慮の末のことではなかろうか。最終の解決を遅らすことができる、というのは完璧な技法なのである。この引きのばしこそがフィナーレを重みあるものにする。

この二つの再認知は『オデュッセイア』の最終部分にみられる類似物のただの反復とはまったく異なる。オデュッセウスは乞食の身なりをしていて、三度まで求婚者の一人に襲われ、頭に物を投げつけられる（第一七巻四六二以下、第一八巻三九四以下、第二〇巻二八四以下）。これに呆れて、古い物語と後世の模倣を弁別しようとする人もいる。同じくオデュッセウスは偽りの物語を繰りかえす。エウマイオスに、アンティノオスに、ペネロペイアに、また無駄なことだが父ラエルテスにも！　この場合も、あまりできのよくない話をテクストから除去したい気持ちになる。しかしどんな場合も、繰りかえしはバラエティを排除することにはならない。一つのテクストが他のテクストを呼びおこす、という点に議論の余地はない。しかしこの関連づけはそれだけで非難するには値しない。山ほどある物語と類似物の中から詩人は一つの纏《まと》まりを作りだす。この結末部を支配する虚偽と変装の働きは、最終的な再会を導き、それを遅らせ、それを熱望せしめる筋立ての複雑さを説明するには十分である。

策略、侮辱、慎重さと乱闘のあまたの場面――ペネロペイアが登場する瞬間に打ちきられる――の後に、待ちに待った、永い年月のあいだ熱望されていたこの再会はいっそう輝きを増す。アテナは、ホメロスの中で二例しかない奇蹟を用いて、一緒になれた夫婦が、今や過去となった試練の数々を眠りにつくまで飽きることなく語りあうよう、夜の時を引きのばす。

この最終場面では『オデュッセイア』で用いられる二つの段階を容易に認めることができる。『イリアス』は神々と人間の対話のごときものを打ちたてた。『オデュッセイア』では、変わらぬ友情が女神と死すべき者オデュッセウスとを結びつける。これは神々を提示する方法の違いで、これについては後ほど述べる。またこれは、別の要素――他の諸要素と結びつき、超自然が生みだす要素――をなおざりにしては『オデュッセイア』を適切に要約できない印でもある。テレマコスとオデュッセウスの周辺でゼウスの娘アテナ女神が活躍する。他方、オデュッセウスの冒険は、超自然的な世界において、怪物、魔力をもつ存在と半神[1]たちのまっただ中で行われる。更に、これらの冒険談の巻はどれも読者を死者のもとへ、あの世へと導く。すでにみたとおり、これは『オデュッセイア』の末尾で再び現われる。『オデュッセイア』の中でオデュッセウスは英雄たちに取り巻かれているわけでもないし、同類と対決させられることもない。彼は単独であり、その冒険は人間世界の限界域まで彼を導く。

(1) 半神。demi-dieux の訳語。ギ hēmitheos〔ἡμίθεος〕, ラ semideus, エ demigod, ド Halbgott, イ semidio. この語は『イリアス』(第一二巻二三)、『仕事と日々』(一六〇)では「英雄」であるが、ここでは地位の低い神格、たとえばニンフ、河の神、セイレーン、カリュブディス等を指し、パーン、サテュロスなどもこの類《たぐい》である。一二四ページ(1)参照。

『オデュッセイア』のパラドックス(逆説)を一部でも説明するものはこの最後の特色であろう。パラドックス[1]とは、この単純で写実的な冒険詩が数世紀にわたって、しかもわれわれの時代まで(ジョイスの『ユリシーズ』、あるいはカザンツァキス[2]の『オデュッセイア』のような作品で)、人間生活、その経験、その闘争、その命運を描く象徴的な作品として解されてきたことを指す。この点をよく理解するには、オデュッセウスの冒険が、旅——容易に人間の生涯と同一視できる——の典型をなしている、ということをまず考えねばならない。しかしまたホメロスが、オデュッセウスについて、その心理を探ることはせず、人間としての限りで、防備なき存在であるとともに力強さの権化としてあえて格闘する様を描こうとした、ということも考えねばなるまい。あとはこの粗筋に肉付けをすることであり、それは実行された。——きわめて具体的な物語がごく自然に象徴の価値をもつにいたったのがその証《あかし》である。こういう解釈は作者にとってあるいは予想外かもしれないが、しかし二八〇〇年間、思慮ある英雄オデュッセウスに類《たぐい》ない永遠の生命を確保したのもこの解釈なのである。

(1) パラドックスとは、お伽話、冒険物語である『オデュッセイア』が、それにもかかわらず人間の生そのものを象徴するという点を指す。

(2) Nikos Kazantzakis（1885-1957）。現代ギリシアの作家。作品はフランス語が多い。著者のいう『オデュッセイア』（一九三八年）の原名は Odusseia［Οδύσσεια］で、現代ギリシア語で書かれている（原注）。

第四章　詩作の手順

『オデュッセイア』は冒険談から人生の象徴への転換に直接プラスするところがあったが、そうでない場合でも、ホメロスの技法は、両詩篇が絶えず発揮してきた並々ならぬ魅力を説明することはできる。それは単純さとしなやかさから成る独特の技法で、用いられた手段は限られているにしても、人間の行動の複雑さと感動的な力の限界をできうるかぎり表現しようとする。

この点は、物語を進める手順の場合と同じく、物語の文体とその提示方法についてもいえることである。

物語の骨組みは、具体的で直接的な要素――分析も注釈も要せずに詩篇の内部で繋がっている要素――だけを残すという独創性をみせる。これは、人間の内部世界の分析がまだ行なわれていないという事実に基づくことは疑う余地がない。詩人は心理分析には関心がないから、その手段を身につけなかったか、または手段がないから関心をもつにいたらなかった、といえよう。しかしこの関心の欠如は不思議にも作品の生命そのものにあずかって力があった。

登場人物は行動しあるいは言葉を吐く。というよりも言葉を吐きかつ行動する。彼らはわれわれの前で、われわれに向かって直接話法で話す——これは時によりホメロスの詩篇に、すでに演劇を準備する何物かを付与し、この何物かは、そのままの形式で提示することもできるほどである（V.Bérard）。かくて『イリアス』第一巻は全部で六一一行を数えるが、その半分以上（正確には三七三行）は台詞《せりふ》である。神々は相互に話しあい、次にアガメムノンとアキレウスが口論をする。言葉は命令の実行と混じりあう。命令の実行はアキレウスをして自分の不運を母に語らしめる。その結果場面は神々のもとに移り、テティス、ゼウス、ヘラとヘパイストスがどう決定すべきかを論じ、それはその後のすべてに重くのしかかる。口頭の干渉は全部で三六回に及び、その長さは三行から四八行に達する。『イリアス』は多様な舞台装置のある芝居の一つの場として開幕する。

本来の筋書きがまだはじまっていないのだから、右の割合は例外的かもしれない。しかし、『イリアス』の英雄たちは、激突に先立ってまず侮辱して挑戦し、加えて同じ陣営の中でもお互いに刺激しあい、しまいにはたいてい神々が互いに議論しながら、あるいは自分の味方を激励しながら介入する、という古拙な習慣をもっている。こうして、戦闘の語りの場合にも「直接話法」が数多くみられることが分かる。人間の論議も神々の討論も一騎討ちも心の風景もない第五巻は、ディオメデスの武勲に当てられているが、合計九〇九行のうち三分の一以上（正確には三三一行）が台詞である。

この数字は示唆するところが多い。すなわちホメロスでは、英雄は、あたかも彼らがわれわれの眼前にいるかのように提示され、かつまた、彼らの感情を分析するかわりに、詩人は彼らをして自分を直接表現させる。詩人は彼らが心に感じることを間まったく語らず、どんなふうに反応するかを示す。

英雄たちは、ほかに人がおらず、みずから躊躇し悩み、あるいは希望に燃えるときでも、感情を直接話法で語る。自分の心に語りかけ、「彼はその寛大な心にむかっていう」という定型句には、次に、だれか仲間に言葉をかけるかのような実際の短い発言がつづく。

これは明らかに、小話や物語が習慣にしているとおり、なによりも外面的行動に注意を払う新しい技法であり、心理分析特有の用語や概念がまだ知られていない時代のものである。しかしこの心理学的好奇心と能力の欠如は大きな文学的利点にもなった。

最も明白なのは、当然ながら、この筋立ての立体感とその具体性である。ここというのも、ホメロスにおいては万事が目で見、耳で聞き、手で触れることになるからである。ここで戦闘は大音響、武具の輝き、土煙、また呼び声、勝利の歓声を伴う現実である。一撃一撃が正確で写実的で、ほとんど技術的とさえいえる。武器は叩き、身体はどうと倒れる。倒れるときの鈍い音まで聞こえる。これと対照的に、器物、衣服、宮殿、羽飾りや上等な食事の素晴らしさを絶えず眼にすることもできる。

次いで、素早い直接的な行動が相互に繋がりをもつ。すると、筋書き優先が人物の生活を、あるいは心理の豊かさを損なうどころか、その反対であることが分かる。

というのも、究極的には、進行の速やかさとその具体的な実現がそれらの人物に立体感を与えるからである。

このことは彼らの反応についてもいえる。それは、分析されぬ自然の発露であるが、一種の必然性と明白さを引きだす。アキレウスが、長いあいだその怒りをかみしめ、軍の申し出を拒否した後、パトロクロスの死に対する苦悩のために突然気が変り、戦線に復帰して友人の仇を討つべく死ぬ覚悟をきめたとき、説明も躊躇も分析もない。決意はなんの問題もなしに一気になされる。ホメロスはいともあっさりと、まるでわれわれが実際にそれを目《ま》のあたりにしているかのように、われわれに示す。アキレウスの内面の必然性はそのためにいよいよ自然に見え、したがって感情はいよいよ強烈になる。あるいは『オデュッセイア』の例でいえば、オデュッセウスが不死のカリュプソと生涯を共にすることを拒み、人間の生活と人間の妻のもとへもどることを選んだとき、この注目すべき選択は即座の丁重な一言だけで表わされる。「尊い女神よ、どうかそのことでわたしにお腹立ちになりませぬよう」（第五巻二一五）。

選択はおのずから、用意されていたかのごとくになされ、話のリズムを遅らせることはない。ここでも選択はリズムのすみやかさを更に立証する。叙事詩の透明性は曇りなき感情にぴたりと適合する。

他方この感情は単純で生き生きとしている。怒り、憐れみ、悦楽あるいは「耐えがたい苦しみ」。これらは直ちに表情の動きと言葉に移しかえられる。英雄は「暗い目を上げていう……」、あるいは「激しく苛立って答える……」「憐れみに動かされて飛びだす……」。つまり表現法は簡潔で、あまりニュアンスがないが、しかし少数の肝心な感情は核心に達し、かつそれが行動に移される素早さは感情の激しさを暗示する。

性格についても同様で、明確に個人差があり、しかも単純で率直である。われわれは、そういう性格を知るがゆえに、現実的なものと感じるが、また各自がいくつかの不変な格別の特徴をもつだけに、いよいよそれをよく知ることができる。彼らの名が挙げられるたびに、名前につきものの枕詞が必ず現われるがこれと同じく、すべての行動において主要な特徴が不変の目印となる。アキレウスはいつも腹を立てており、乱暴で激情にかられる。オデュッセウスはいつも思慮深く、ヘクトルはいつも身内を気にかける。更に彼ら相互間の対照からこれらの特徴が浮かび出る。オデュッセウスとアキレウスは戦いに先立って対立的な反応をみせる。前者は軍隊を休養させようとし、後者は直ちに攻撃に移ろうとする。同じく、アキレウスとパトロクロスは、お互いに心から親しみをもつが、乱暴と優しさという目立つ対照を示す。このことはむろん、ホメロスの英雄のあり方が固定的だという意味ではない。筋立てが重要な意味をもつ詩においては、英雄はそれぞれが自分なりのしかたで筋立てに巻き込まれる。或る者は怒りから絶望へ、次いで復讐の渇望へと進む。また或る者は多くを期待しすぎる。恐怖の瞬間を体験する者も多い。筋の進行につれて変化するこの多様性は英雄たちに生の流動性を与える。しかしこの多様性は彼等の内面の複雑さにかかわりがなく、筋の各部分を際立たせ、急展開を映しだす。更に英雄を魅力的にする特徴の一つは、彼らのだれにも、いささかの卑しさも見られないことである。彼らは危機が迫ると一瞬恐れ戦《おのの》く。結局彼らも人間である。彼らはあるいはオデュッセウスのように策略上嘘をつき、あるいは思いあがりで腹を立てる。しかし彼らは、後の時代にギリシア悲劇(1)が描くような生まれついての臆病者でも嘘つきでも見栄っぱりでもない。きらめく兜の下には若くて大胆で穢《けが》れのない熱気が燃える。叙事詩の演出の単純さはこの輝きにとって大いに意味がある。

(1) ギリシア悲劇では英雄たちの評価がホメロスよりも著しく低いことがある。

他方この輝きは、ときには豊富さと複雑さを排除しない場合もある。また反対効果で、作詩手順の同じ単純さが、外側からのこの演出で、他の者が口でなにかをいうよりももっと多くを暗示することができる。人物の行為だけでなく、感動までも示される瞬間がそれで、それはきわめて悲劇的なものからごく微妙な面にまで広がる。

最初のタイプの一番すばらしい例は、ヘクトルが、将来自分以上の勇敢さを見せてほしいと願ったばかりの男の子を、アンドロマケが腕に抱きあげる瞬間である。夫婦は今まさに別れを告げるところで、ヘクトルの死が近いことを感じている。そこに小児がいることはふたりの絆《きずな》をいっそう痛切なものにする。要するにこの場面は強烈で流動する感情の流れに終始する。ところでこの瞬間にアンドロマケはなんというであろう? 彼女はなにもいわず、子どもを「涙に濡れた顔で笑いながら」(『イリアス』第六巻四八四)その胸に抱きとめるだけである。彼女を見て夫は憐れを催す。外面描写のこの二語(1)で表現された感情と激動のもつれは、心理分析よりもはるかに陰影ある方法で、直ちにその複雑さを感じさせる。他方、ホメロスの慎重さは、恐怖と愛情を表面に出さないアンドロマケとヘクトルの慎重さとなって現われる。オデュッセウスに対するナウシカアの慎重ぶりも同様で、同じように説明できる。

(1)「涙に……」の部分は原文ではギ dakruoen gelasasa [δακρυόεν γελάσασα] と二語である。

しかしこのナウシカアの慎重さはもう悲劇的ではない。彼女の魅力は目立たない。この意味で彼女は、寡黙のうちに複雑さを示すもう一つの例に近い。それは、『オデュッセイア』でアテナが姿を変えて、イタカの海岸に眠るオデュッセウスを探しにくる場面である。オデュッセウスはアテナにすぐさま偽りの長い物語を聞かせる。彼女は彼に話をさせておき、微笑んでみせもする。彼女は女の姿にもどり、愛情をこめていう。「あらゆる策略において、そなたを凌ぐ者があるとすれば、それは余程のずるく悪賢い男に相違ない――いや神とてもそなたには太刀打ちできぬかも知れぬ」(第一三巻二九一以下)。彼女は以前から十分慣れている彼の大嘘をからかうが、彼女自身が彼と同じく、まさに知的な欺瞞を好むからこそ、彼への助力を約束する。この箇所では素晴らしくニュアンスのある情感が読みとれる。からかい半分の優しさ、共謀、吃驚させる楽しみ、担《かつ》ごうとする人間を担ぐ楽しみ……。しかしなにひとつ描写はされない。われわれに示されるのは微笑みや言葉だけで、われわれはその調子を推測し、われわれ自身でそれを解釈する。

叙事詩における暗示の深さは、物語が秘める直接的な、具体的な性格によっていっそう強調されるようにみえる。

しかしこれは結局は分析の欠如にすぎず、ほとんど機械的ともいえる手順――ホメロスが明らかに口頭の伝承に負う詩作の手順――に同様の豊富さが伴っている点は注目すべきである。

最も特徴的なことは――既に述べたように――定型詩行の駆使である。

これはあらゆる口承詩にみられるもので、記憶を助け、即興的な演技の目印になったことは疑う余地がない。ところで、すぐ分かるのは、ホメロスの両詩篇におけるこれら定型句の使用は詩想の豊富さをいささかも減じていないことである。むしろその反対だといえよう。

このように反復される詩行は、ごく限られた機能をもつ。すなわちそれは現実の事態が反復されるがゆえに反復される。夜明け、会議の召集、神々の介入のはじまり、などは明らかにこの場合である。同様に、だれかが発言のために身を起こし、あるいは腰を下ろして他人にいわせる、ということを述べるための定型句がある。あるいは返答をする場合とか、神が人間になにか考えを吹き込むとか、祈りが行なわれ、それが聞かれるとか、或る人物が「心の中の思いを掻き立てる」とか、決断が下され、それが実行され、そこにいる主《あるじ》になにかを求める場合、等々。

これらの実例は二つの点を明らかにする。一つは最もよくみられる場合で、事件とその発端の枠組みであるが、これはそう重大ではない。多くの英雄は「返答のために発言する」が、同じ返事をするわけではない。あるいは、彼らの答えの中に驚きとか怒りとかを表わす語が反復される場合、その語は毎回違った方法に移ってゆく。たとえば、同じ恭《うやうや》しい賛辞が、に語りかけるアガメムノンに対して（『イリアス』第一巻二八六）、ネストルに話すディオメデスに対して（同、第八巻一四六）、プリアモスに話すヘルメスに対して、用いられている。どの場合も老人の言葉を尊重する。しかしいつも話し手は「しかし」とつづけて個人的な反応を加え、この反応は個々の場合で異なる（君はそういうが、しかしアキレウスの態度は我慢がならぬ。君はそういうが、しかし僕は身を引くつもりはない。君はそういうが、しかしどうするつもりなのだ）。あるいはまた行動の場合についていえば、たとえば同じように乱戦を描写しても、そこから出てくる個人の勲功はもはや同一ではない。勲功の描写の中で「英雄は投げ槍を投擲する、石をつかみ剣を抜く」などと同じ定型詩行を用いるであろうが、しかし打撃とその効果は場合によっていろいろである。したがって共通の枠と共通の要素は、それ自身格別な一つの行動あるいは反省を取りだすのに役立つ。

平行する場面を研究する興味はここから生じ、それは一種の「類型論」になって、そこから種々の相違が現われる（これはとりわけヴィーン学派のH・シュヴァーブル、H・バンナートの功績である）。

しかし同時に以上の例は両詩篇の別の特徴をも明らかにする。すなわち定型句が反復される場合の規則正しさは、秩序ある規則的な世界を示唆する。[1] 夜明けに限っていえば、反復は夜と昼の秩序を示す。しかし他のすべての場合、反復は定められたほとんど儀礼的な既成の慣習を示すものである。また、客を迎える場面、食事や会議の場面の定型句が豊富であるが、これも、こういう場面が決まりに従って行なわれるからである。この場合、定型句の使用は、どちらの詩篇でも、しかるべき既定の社会的儀礼を取りおこなう際のあらゆる語句に共通である。こうして、定型句は読み手あるいは聞き手の気持ちを和らげる。いつも同じ枕詞のつく英雄に出会うことを好むのと同じように、非の打ちどころのない英雄たちの洗練された世界を再認することもできる。――また、いつもと違う言葉に出会うと違和感を感じることになるであろう。

（1）昼夜、月の満ち欠け、春夏秋冬などが「秩序」であろう。

また反復は別の意味をもち、秩序にかかわることなく一般的傾向を表わすこともある。『イリアス』の中で、戦士の死を「彼は大音響とともに倒れ、その武具は彼の上で鳴りひびく」[1]と描くのはよく出てくる定型句である。つまり戦争のしきたりは死にほかならない。

(1) たとえば「地響きを打って倒れると、その身につけた物の具がカラカラと鳴る」(『イリアス』第四巻五〇四)のような定型句を指す。

以上のすべての場合に、反復と、そのごつごつした同時に親しみやすい平凡な歩みは、詩作の手順として、またその原則からみて、全体のリズムと、平静なあるいは悲劇的な秩序とを暗示するのに役立つ。

しかしこの手順は、微妙なもっと特殊な他の目的にかなうこともある。詩人は熟慮の上でそれを活用している場合もあり、そうでないときでも、少なくともなにか意味のあるいくつかの結果をそこから引きだす。

ときには、取るにたらない細かい点にかかわることもある。

たとえば、『イリアス』第二四巻でヘカベはプリアモスの決意に恐れ戦く。「たったお一人でアカイア勢の船へ行き、立派な息子たちを幾人となく殺した男に会うなどという気にどうしてなられたのですか。鉄のような心をお持ちなのですね。」(二〇三―二〇五)。さてプリアモスが出発するや、彼はヘルメスに出くわし、ヘルメスのほうが驚く。「どうして貴方はあえてお独りでアカイア勢の軍船までこられたのですか……」彼は動詞の時称のほかはなにも変えずに同じ三行を繰りかえす。(1) プリアモスが試みた訪問の大胆きわまる性格は当然ながらいよいよ目立つことになる。

（1）以下は著者の思い違いであろう。ヘカベの言葉とまったく同じ三行は三一四行先の、プリアモスと共に涙を流すアキレウスの慰めの言葉にある（五一九―五二一）。違いは動詞だけで、前者には、ギ etheleis〔ἐθέλεις〕（現在形）「あなたは……しようとする」、後者にはギ etlēs〔ἔτλης〕（アオリスト第2形）「あなたはあえて……しようとした」と書かれている。邦訳では文体を変えているが、これは男女差や立場の相違を考慮したものであろう。プリアモスは途中でヘルメス神に出会うが、この言葉は口にされない。

また第一巻でアガメムノンがアキレウスの喧嘩腰の態度を嘆き、第五巻でゼウスがアレスの同様な点を嘆くとき、同じ数行があるが、これまた無関係ではない。今回は二つの箇所になんの繋がりもないが、しかし喧嘩に対する非難は反復によって強化される。二つのうちの一方を除去する批評家は文章の勢いを殺《そ》ぐことになる。

繰りかえしが意図的でないとは考えにくい場合もある。第一六巻のパトロクロスの死には第二二巻のヘクトルの死が呼応する。一方の死は他方の死の代償である。さてヘクトルは、パトロクロスに打ちかったとき彼を馬鹿にする。「パトロクロスよ、おぬしはきっと、われらの城を陥《おと》すつもりでいたのであろう、……愚か者めが。」ヘクトルは今ここにあってトロイアを救い、パトロクロスは禿鷹の餌食になるであろう、という（第一六巻八三〇－八四二）。ところがどうであろう、アキレウスはヘクトルに討ちかったとき似たような言葉で彼を揶揄する。「ヘクトルよ、おぬしはパトロクロスを討って、これでわが身は安全であろうと思い、……愚か者め。」アキレウス今ここにあり、パトロクロスの仇を討ち、ヘクトルは野犬、野鳥の餌になるであろう、と（第二二巻三三一－三三六）。詩行はまったく同じに反復されるわけではないが、類似の定型句、類似の語が詩行の同じ箇所にある。平行的な作詩法は明白である。死に臨んだパトロクロスが直ちにヘクトルにむかって、お前もすぐ死ぬといい、また死に臨んだヘクトルが、言葉は違うが同じ予言をアキレウスに告げるときも事情はやはり同じである。

こういう熟慮された類似性、少なくとも十分意味のある類似性からすれば、パトロクロスとヘクトルの二つの死そのものが一字一句同じで——他の英雄にはけっして用いられない——四行からなる二つのグループをもって報じられたのは、けっして偶然ではないとおもわれる。

こうして、筋の概略を定めるにすぎない定型句から徐々に十分意味のある反復に移行する。その反復は重要な場面を関連づけ詩篇の大筋を浮き彫りにする。定型句に依存することは、はなはだ古拙だとしても、場合によっては、きわめて洗練された、深い意味をもつ技法になることができる。

他の手順——おそらく口承詩から受けついだ比喩を活用する手順——についても同様である。

この比喩の活用は見かけは粗雑なやや不自然なところがあるが、それには二つの理由がある。その第一は、「……する（した）ときのように」ではじまり、「同様に……」で本題にもどる、紋切り型の提示方法である。定型句は多彩さも控え目も目的とはしない。その効果は、平行表現をよりよく印象づけるために二つの箇所で同じ語句が反復される分だけ目立つことである。

比喩を導入したり終わらせたりする定型句の反復はもう一つの別の特徴——厳格な手順、固定形式の感じを与える——に似ていなければならない。すなわち比喩は、少なくとも比喩のはじめの部分は、長々と無用に展開される。二項のうちの物語と無縁なほうは、物語との関連づけなしに、それ自身として扱われる。比喩は独立の小さな表になることもまれでない。たとえば詩人は『イリアス』第一六巻で嘶《いななき》きながら全速力でヘクトルを連れさる彼の駿馬を、豪雨がひきおこした溢れる急流にたとえるが、駿馬の描写は一行で済ますのに急流には九行を当てている。溢れんばかりの驟雨や河川に抉《えぐ》られる大地。しかもこの雷雨は、正義を無視した人間に立腹するゼウスの怒りによるのだ、という（三八四―三九三）。この正義への言及は後世付けくわえられたものとも想像できなくはないが、しかしこういう手順はいつものことである。同じ巻のもう少し先で、両軍が互いに大音響を立てて撃ちあうさまを風に叩かれる森の木々のごとし、としている。軍勢には二行だが、森は五行であり、木々の名が挙げられている。ブナ、トネリコ、ミズキ。「木々がその長い枝を、凄まじい響きを立てて撃ち合うと、枝の折れる音が鳴り渡る」（七六五—七七二）。あるいは次の巻で、パトロクロスの遺体を自分のほうへ引きずりこもうと両陣営が争う様は、牡牛の革をあちこちに引っ張って広げようとする人びとの労働に譬えられる。戦士には二行、革鞣《なめ》し職人には五行が当てられる。詩人は、革の湿りは消え、革は引き延ばされ、油がよくしみ込むと付けくわえる。——表現はすべて描写を生々しく写実的にするが、パトロクロスの遺体をめぐる闘争とはかかわりがなく、われわれ現代人の感じからするとやや意外な方法で物語の進行を遅らせている。けれども以上の二、三の引例はこういう比喩活用の結果生じる文学的豊富さを示す。その豊かさは第一に、こういう小さな種々の表がそれ自身のために提示される技法にある。またこの豊かさは、いろいろな領域を参照しつつ戦闘の話を裏づける不断の変化に存する。

この領域はきわめて多様であるが、大まかにいえば二つに分けられる。

まず自然界、その大気中の大きな現象と動物界への言及がある。

引いた三例中、二例は雷雨と暴風にかかわる。これは偶然ではない。暴風中の突風は混戦模様を描写するために第四巻以来用いられている。「潮騒《しおさい》のこだまする浜辺、西風に煽《あお》られて大波が次々に立ち、沖合遥かに盛り上がったかとみるあいだに、岸に当って砕け、凄まじい音を立てる、岩礁に当たれば弧を描いてそそり立ち、潮の泡を吐き散らす……」（第四巻四二二—四二六）。これは三〇行先で、更に第五巻その他で、似た形で繰りかえされる。増水した河川、風、荒れくるい威嚇する海、等。自然のさまざまな猛威は人間のそれを倍加させ増大させる。

同様に、戦士の暴力に対応するのは、野獣どもが相互にあるいは人間に対して格闘する際の暴力である。ホメロスの比喩で一番もちだされる野獣はライオンと猪である。この二種は戦闘のあらゆる瞬間に、これに応ずる状況で登場する。それは、ライオンが血気にはやって突進し、かえって身を滅ぼす跳躍であるかもしれないし、(第一六巻七五二)、空腹に耐えかねたライオンの決意(第一二巻二九九—三〇六)、雌牛の群れをを追ってその一頭をつかまえたライオンの襲撃の勝利(第五巻一六一—一六二、第一一巻一七二以下、第一七巻六一以下)、ライオンが、雌鹿の仔たちをつかまえたとき、抗《あらが》いきれない母鹿の無力(第一一巻一一三—一一九)、死んだ獣をみつけてこれを貪るライオンの歓喜(第三巻二三)、犬や猟師たちの攻撃によく持ちこたえるライオンや猪の頑強さ(第一一巻四一四、第一二巻四二)、猪一頭が犬や若者の群れを追い払うこともあり(第一七巻二八一—二八五)、逆に犬どもがライオンを仕留めることもある(第一一巻五四八)。そのほか動物たちは互いに殺しあい、ヘクトルとパトロクロスが敵対する巻はこの点で最も豊富である。第一六巻四八七ではライオンが雄牛を殺す(パトロクロスがケブリオネスを殺すように)。第一六巻七五六では二頭のライオンが雌鹿を争う(ヘクトルとパトロクロスがケブリオネスの死体を争うように)。第一六巻八二三ではライオンは猪を倒す(ヘクトルがパトロクロスを倒したように)。こういった動物の暴力シーンは詩人の世界ではおそらくもうあまり頻繁にみられなかったが、しかし記憶と想像を満たしていた。

牡牛を貪り食うライオンはミュケナイの美術でわれわれの知るところであり、オリュントス(1)の貨幣の格別の意匠として残った。『イリアス』でもこれはアキレウスの楯に描かれた画題の一つである(第一八巻五七九以下)。

(1) オリュントス。ギリシア北部、カルキディケの町。

こういう野獣に加えて、堂々たる、あるいは恐るべき動物をいろいろ挙げねばなるまい。鷲と禿鷹、逃亡した種馬、蛇、等々。人間同士のあらゆる敵対行動は、以上の残虐シーンの中に純粋に自然のまま反映している。

最後に、これらの自然界への言及に、戦士の死を樹木の倒壊に譬える比喩を追加することができる。或る意味でこれは確かに別種の比喩である。樹木は人間の手で切り倒され、木こりが話題になるからである。しかし山中で大木が大音響と共に倒れる点に自然の比喩と同じ雄大さがあり、樹木は結局自然のものである。「アシオスはさながら樫かあるいは白楊《ポプラ》か、あるいはまた船大工らが山中で、船材とすべく磨いた斧で伐り倒す、亭々と聳える松の如くにどっと倒れ、……」このイメージはサルペドンの死に関して第一三巻(三八九―三九三)で用いられ、第一六巻(四八二以下)でまた現われる。ときには既に倒れた人間についてもいわれる。「そのさまは――広い湿原の低地に生える白楊が……。」そして美しい描写ののちに、「白楊は枯れ乾きつつ河岸に横たわる……」(第四巻四八三以下)。英雄の闘争は、攻撃しあるいは防御する動物に擬せられ、その死は樹木の受動的で荘厳な死である。

逆に、この比喩拡張の同じ効果は、戦闘そのものではなく戦闘の停止を取りあげるときにも現われる。夕刻戦闘が終わると篝火が焚《た》かれる。第八巻の終わりで篝火は星のきらめく天空に譬えられる。「空には輝く月のまわりに、星々がくっきりと姿を現わし、高天は風一つなく、山々の峰、山端《やまばな》の高み、山襞《やまひだ》も残らず見渡せる。涯しない高天は天涯より裂けた如く、星々はことごとくくっきりと見えて、牧夫の心はほのぼのと温まる」（『イリアス』第八巻五五五―五五九）。

しかしこれに対してホメロスには別の一連の比喩があり、今までと違って家族と日常生活がその特徴である。

万事が突然がらっと変わる。珍しい堂々たる動物に代わって農村と田畑の生活が描かれる。テラモンの子大アイアスがなんと麦畑にはいりこんで、子どもたちに殴られ、動きの取れない驢馬《ろば》に譬えられているではないか（『イリアス』第一一巻五五八以下）。あるいはまた、アカイア方の兵士たちが、彼らの武具の輝きは森を焦がす火のようにきらめく、といわれたばかりだが、まず鶴や白鳥の飛翔に譬えられ、しかも間もなく牝羊の乳を搾る家畜小屋にたかるハエの群れに譬えられる（『イリアス』第二巻四六九以下）。オデュッセウスは、まるで蛸のように全力を振りしぼって岩にしがみつくではないか（『オデュッセイア』第五巻四三二―四三三）。

同じ考え方で、戦士の活躍は野良仕事に譬えられる。兵士は埃にまみれて箕《み》を使う人か（『イリアス』第四巻五〇四以下）[1]、長い列を作って進みながら収穫をする人である（第一一巻六七以下）。またキュクロープスの目玉に棒杭を突っこむオデュッセウスは錐《きり》で穴をあける職人のごとしである（『オデュッセイア』第九巻三八三―三九三）。

（1）『イリアス』第五巻五〇〇以下の誤りであろう。

子どもの遊びさえも取りあげられる。アポロンはアカイア方の壁を一撃で砕くが、それは、自分の作った砂の城をひっくり返す子どもに似ている。また、パトロクロスは、涙にくれる少女のようだとアキレウスにいわれる。「それではまるで幼い小娘のようではないか、母の後を追い着物に縋《すが》って抱いてくれとせがむ、急ぎ足に行こうとする母をやらじと留め、抱き上げてくれるまで、涙をためた目で母をじっと見詰めている小娘のようにな」（『イリアス』第一六巻七―一〇）。

詩篇のいたることろにあるこういう比喩は日常生活から取られている。おそらくこれは詩人自身観察に負うものであろう。他方この比喩には目立つ特徴があって、他の比喩と同様の役割を果たす。夜営の焚火は星の輝く天空に譬えられ、一方、戦闘の真っ際中に昼時になった目印は、木こりが山中で休憩する様で表わされる（『イリアス』第一一巻八六―八九）。

これは驚くには当たらない。ありのままの自然と親しみやすい日常の二者を対立させるのは、視野を拡げ、戦闘を自然界に、英雄たちを普通の人間に、戦争を平和に、結ぶことになるからである。叙事詩は比喩によって一切をその主題に取りいれ、行動と広義の生活とのあいだに恒常的な対照を樹立する。アキレウスの楯が平和と戦争の両面を表わす好例になる。

これで一つの事情――今やその存在を認めるべきである――が説明されよう。すでに気づかれたこととおもうが、以上の比喩の例はほとんどすべて『イリアス』から取ったもので、『オデュッセイア』からではない。『オデュッセイア』にもないことはないが遥かに少なく、せいぜい四分の一である。これは成立年代あるいは作者と関連するのかもしれない。しかしまた、『イリアス』では、比喩の四分の三は戦況描写にかかわる。したがって一切は次のように展開する。すなわち、詩篇が狭い緊迫した筋立てに限定される場合には、視野を拡げ関心の焦点をずらすべく転換の手段を必要とするかのように、しかし、素材が現実のさまざまな具体的事実に及ぶ場合には、そういう手段に訴えることをやめるかのように、展開する。『イリアス』[(1)]には比喩の中に農業従事者がいる。しかし『オデュッセイア』の一部分は豚飼いエウマイオスのもとで進行する。また『イリアス』は戦士に衝撃を加えるために暴風を引きおこすが、『オデュッセイア』はオデュッセウスを本当に暴風の犠牲にするのである。

(1) 以下の論旨は、『イリアス』では農民と暴風は比喩として用いられたが、『オデュッセイア』では豚飼いと暴風は比喩ではなく、オデュッセウスにとって現実であった、ということである。

いずれにしても、この片寄った割合は、どう説明するにせよ、比喩の使用に機械的な点が全然なく、むしろ文学的な必要に応ずる、という証拠である。はじめにやや固定した外面的な手順のようにみえたものも、結局は柔軟で巧みな手段——きわめて熟達した技法として役立つ——であることが明らかになる。

詩の文体——その古拙な特徴はかくも容易に柔軟な暗示に変わる——を取りあげることはこれでやめにするが、しかし作詩手順の豊富さについてあまりに不完全な考え方を示したくないので、一見意外ないくつかの習慣だけをここで問題にしたという点を指摘したい。場面の交替にも、怒り狂った発言にも、詩行の柔軟性にも、語句の句跨《また》がり(1)と区切りにも、更に模倣あるいは暗示の効果についても一言も触れなかった。ともかく、特殊な独自の手順が『イリアス』の語り口に、必要な悲壮さのニュアンスを加える、ということを指摘したい。

(1) rejet, enjambement. 詩行の一部を次の行へ送り、意味の繫がりが二行に跨がること。

かくて詩人は、感情が高まり当の人物の現場にいるような気分になって言葉をかけるとき、二人称(1)を用いる。まずメネラオスが傷つき、それでアガメムノンが動転したとき(『イリアス』第四巻一四六)がその例である。パトロクロスの死の巻(第一六巻)でこれはとりわけよく出てくる。「それに応えて、騎士パトロクロスよ、そなたは深い溜め息をついてこういったな」（二〇）。この巻には同様の定型句が八回繰りかえされる。悲壮さが集中する決定的な瞬間――死の瞬間に、この型のものが一つある。「その時、ああパトロクロスよ、そなたの命の終りが見えた。すなわちこの時、激闘のさなか、そなたに立ち向かって来たのは怖るべき神ポイボス[2]であったが……」（七八七―七八九）。

（1）以下では、作中人物に向かって作者自身が語りかける口承詩独特の文体を問題にしている。一例、『イリアス』第一三巻六〇三。
（2）「輝く者」の意。アポロン神を指す。

この最後の場合、作詩の手順は他の、同様に悲痛な手順――今まさに迫りくる死を、あるいは自分が死に向かって歩みながらそれに気づかない人間の誤りを感じさせる手順――に結びつく。パトロクロスが戦闘にもどるようにとアキレウスに懇願するとき、文章は「こういって嘆願したが、なんという愚かさ、つまりはやがてわが身に悲惨な死の運命の訪れるのを願ったことになったとは」である（『イリアス』第一六巻四六―四七）。ヘクトルが、パトロクロス[1]の死骸から剝《は》ぎ取ったアキレウスの武具を身につけるときに、ゼウスは同じようにいう。「ああ憐れな男よ、身近に迫っているというのに、そなたの胸中には死を想う気持が一かけらもない」（第一七巻二〇一以下）。アキレウス自身にとっても、死の予言は絶えず繰りかえされ明確にされた。どちらの場合も、詩人は必要とあればみずから介入し、すすんで「死はいずれ来るであろう、各人は、自分の誤りのためにますます速やかに死に圧倒されるであろう」と指摘する。こういう示唆のお陰で、英雄たちの行動と彼らの傲慢や残虐の激発は本来の悲劇的な光で彩られる。

（1）原著にはヘクトルと書かれているが、パトロクロスの誤りである。

ついに死が訪れたとき、速やかで胸を刺す詩人の新たな介入が、〈すでに事切れたのだ〉との考えの上に憐憫の調べを投げかけることもまれでない。パトロクロスあるいはヘクトルは、心からの哀悼の的《まと》であり、ここには彼らを愛する者たちの苦しみが表わされている。しかし彼らほど著名でない人びとも短い憐憫の捧げものを受ける。彼らは「祖国と友人たちから遠く離れて」「愛を得た女から遠く離れて」死ぬ。彼らは「祖国と妻と幼子を」再びみることはないであろう。彼らに打ち勝った勝利者の嘲笑が同じ役割を果たすこともある。あるいはまた、ケブリオネスが「戦車のことなど永久に忘れて」大地に倒れているときのように、それは単にむきだしの対照を示す一語であることもある。こうした言葉は短いが、その効果たるや絶大である。一番酷《むご》いのはたぶん、地上に横たわる死者たちに対する第一一巻のそっけない言葉で、「今後は妻たちよりも禿鷹と仲良しになる」（一六二）というものである。

既にみたとおり、詩人は分析や説明のために筋書きを中断することはしない。しかし当の箇所に悲劇的性格を加えるために物語に介入する以上の三つの方法は、それを中断せずに異常な効果を与えることになる。

もう一度いうならば、問題は『イリアス』であって、悲劇的な意味が遥かに少ない『オデュッセイア』ではない。けれども、共感を呼ぶ同じ技法が、物語の中にいっそう密接に混じった形で『オデュッセイア』にも用いられ、それはオデュッセウスを駆りたてるさまざまな感情、彼の疲労困憊、アテナの同情などを巧みに活用することによってである。比喩的表現についても同様で、物語そのものが多様な現実をみせるときには、比喩はそれだけ必要度が減じる。また英雄の冒険が恐怖、希望、懐疑ののために彼の心理的な悲壮さとして体験される場合には、詩人自身の介入は不必要になる。『イリアス』の悲劇性は詩人によって外部から強調されたものであり、『オデュッセイア』の悲壮美は主人公の心の中で、すでに内部で体験されている。

第五章　神々と驚異

今われわれがみたように、ホメロスが神々と人間の場面を交替させる技法は、神々に与えられる役割が顕著なことを意味する。神々はいたるところに存在する。神々は相互に連絡を取り、人間と混じりあい、決断し干渉し、しゃべり行動しつつ、絶えず自己を現わす。そして事実上すべてが神々に依存する。

とはいうものの、両詩篇は本来的な意味で宗教的とはいえない――それには種々の根拠があるが、主要なのはたぶん、神々がその相互関係において、人間と同様あまりにも人間臭い親しみやすい形で描かれている点にある。神族はほとんどの場合、写実的な快適な光の中で現わされる。

1　**神族**――叙事詩の神々がその昔自然の諸現象を表わしていたかどうか、動物と繋がる部分があったかどうか、ホメロスは全然問題にしない。神々が祖先をもち、神統記(1)に記載されていたかどうかも同様に彼は知らないのである。ヘシオドス(2)あるいはアイスキュロス(3)が知っていた神話は彼の気質には縁がない。彼がたまたま神々のあいだの戦いに言及したとしても、以上の理解は正しい。なぜなら、この場合戦いは偶発的な、そして忘れられた過去の騒乱と考えられるからである（『イリアス』第一巻三九九以下、第五巻三八一以下）。神々のあいだには秩序が保たれ、ゼウスがそれを監視する。

(1) 「神統記」ギ Theogonia〔Θεογονία〕神々の系譜を述べた文書。
(2) ホメロスより後の人であるが年代不詳。『神統記』の訳者広川洋一氏によれば生存はほぼ前七五〇頃—六八〇頃。叙事詩の詩形による『神統記』と『仕事と日々』の作者。後者は農業労働の意義と心得を説く「教育的な」著作。作中に自分の名を記し、自己を語った文学史上最初の詩人。
(3) 三大悲劇詩人の最初の人。前五二五—四五六。七作が現存する。

ゼウスは王である。もともと世界は彼とその兄弟すなわちハデスとポセイドンに分割された。しかし彼ゼウスは長子であり、彼が命令を下す。ポセイドンは強く反対するがその命令を受けいれる（『イリアス』第一五巻二一一。「しかし今は業腹ではあるが、わたしが譲ることにしよう」）。ほかの神々についていえば、彼らは従う一方である。ヘラは彼の妻であり、アテナは彼だけの娘である。アポロンとアルテミス、アプロディテ、アレス、ヘパイストスは彼の子どもたちであり、彼は絶対権ある父なのだ。

ところが奇妙なことに、ホメロスではこの権威はまったく威厳を欠くものとして描かれる。

この権威は或る程度まで腕力の問題である。『イリアス』第八巻のはじめでゼウスが神々に戦争への干渉を禁じるとき、彼は神々を雷撃するぞと脅し、「暗々たるタルタロスへ[1]」突きおとすと恫喝する。次いで、神々全員が黄金の鎖にぶら下がっても、ゼウスを天から引きずりおろすことはできまいといい、一方彼は、大地と海と神々全部を空中に吊りあげる、とほのめかす（第八巻五—二七）。この縁日の大道芸は、後に彼の象徴的な命運がどうなったにしても、最高神というよりむしろ手品師をおもわせるものがある。

（1）ギ Tartaros［Τάρταρος］冥界（冥府）の最も底の部分。冥界そのものを指すこともある。

とりわけ目立つのは、ゼウスが自分に背《そむ》きそうな神族に、命令に従うようにと、のべつ念を押さねばならないことである。ゼウスと一族の態度には、喜劇かとみまがうほどの調子がある。

ゼウスが最も恐れる女は、多くの男の場合がそうだが、彼の妻である。彼女の最初の反応は『イリアス』の第一巻でテティスがアキレウスへの助力を求めたときのゼウスの返答である。「なんとも厄介な仕事だな、そなたのお蔭でヘラがまた口汚くわしに喧嘩をしかけ、われらふたりの間がまずいことになりそうじゃ。それでなくとも、あの女はいつも神々の面前で喧嘩をふきかけ、わしがトロイア方に合戦の手助けをしていると責めてくる」（五一八—五二二）。ヘラは現われるやいなや、なにかを嗅ぎつけ、文句をいい、問いただし、脅しをかけるまでやめない。そういうときはヘパイストスが所帯の騒ぎを収めようと買ってでて、万事円満にする必要がある。

ヘラはまたその時がくれば、神々の王（ゼウス）の欲望を目覚めさせ、それから彼を眠らせ、平気で一杯食わせる。こういう挿話は戦争の展開の中でそれなりの効用があり、また愉快で不躾な調子をもっている。それは『オデュッセイア』（第八巻）でデモドコスが語るアプロディテとアレスの色恋沙汰とも無縁ではない。人間の生活は苦しみと死に支配されるが、詩人は想像力の赴くまま神々専用に、家庭内の滑稽談を取っておくのだともいえよう。

それに家庭内でゴタゴタを起こすヘラは、ゼウスに面倒をかけ、ことさら人間ふうの輝きを帯びて出現する唯一の女神ではない。神々はみな喧嘩口論をし、ゼウスのところでお互いに苦情をいい、それぞれの欠点を馬鹿にしあう。トロイア戦争が彼らを分割すればするほどこれは酷《ひど》くなる。ヘラ、アテナ、ポセイドンは全面的に包囲軍（ギリシア方）に味方するが、アポロンは心底からトロイア方である。第一六巻で卑劣にもパトロクロスを倒すのは彼である。またアプロディテは息子のアイネイアスだけを気にかける。彼はアプロディテをトロイア側の陣営に加える。

これらの神々はみなお互いを監視し、力づくの争いにならない場合でも、絶えず他に干渉しようとする（第二一巻にみられるとおり）。そしてゼウスはこういう家庭内のごたごたを抑えるのに苦労する。

この局面はけっして道化芝居に終わることがないから、むろん誇張すべきではあるまい。ゼウスはいつも勝利者であり、彼の権力は問題がない。むしろ神々における人間らしさを感じさせるのはたぶんこの権力そのものであろう。

これにもう一つ加えられる。すなわち、神々が人間に類似するだけではない。神々が情熱を燃やすのは人間のためなのだ。神々が人間の闘争に夢中になるのは、何人かの人間に愛着をもつからである。ときにはこの人間たちが彼らの子どもであって、人間の側の功績ゆえに、あるいは彼らへの憐れみゆえに、人間たちに親しみを感じるからである。ホメロスでは（アポロンだけはこれに驚く）、人間のために戦う神々の戦闘もある。

『イリアス』では、人間への神々のこの執着は喧嘩沙汰にもなる。『オデュッセイア』ではそれは新しい、ずっと目立つ形を取る。すなわち干渉する神々の数は少ないが、しかしまことの愛情がアテナとオデュッセウスを結びつける。女神はあらゆる瞬間、あらゆる段取りで、オデュッセウスに伴う。神族は『オデュッセイア』では穏健になり単純化された。しかし結果は同じで、神々は人間のために戦う。これ以後ひとりの神（アテナ）が、血の繋がりのないひとりの人間（オデュッセウス）のために万事苦労を引きうける。

両詩篇において、人間の行為へのこの関心そのものがすでに神々の別の面に通じており、それは彼らに最高の尊厳性を付与する。すなわち神々は相互に家庭的なゴタゴタを引き起こすが、その反面、彼らは全能の主《しゅ》であって、人間とのあいだは深淵で隔てられている。

2　神々の威厳——神々は不死である。そしてこの単純な特徴がすべてを変える。死すべき者（人間）である、ということは〈無である〉ことを意味する。多少長持ちしたとてなんのことがあろう？　アポロンは、神々は人間のために喧嘩をすべきではない、と考えた。「憐れむべき人間ども、彼らは木の葉と同じく一時《いっとき》は田畑の稔りを啖《くら》って勢いよく栄えるものの、はかなく滅びてゆく」（『イリアス』第二一巻四六三―四六六）。またゼウスは、ペレウスに不死の馬を与えたこと、その馬たちは今や若き主人アキレウスの差し迫った死を嘆く。ゼウスはいう。「ああ哀れな馬どもよ、老いることなく死も知らぬお前たちを、どうしてわれらは死すべき人の子、ペレウスなどに与えたのであろう。不幸なる人間どもの世界で、お前たちにも苦労をさせようということであったのだろうか。まこと、地上を歩み呼吸するあらゆる生きものの中でも、人間ほど惨めなものはないからな」（第一七巻四四三―四四七）。

ゆえに、不死なる者としての神々は別の宇宙にいるのである。人間が知りうるすべてを神々はより美しい、より輝かしい、より偉大な形で所有する。

　或る神が話題になるときに、この輝きが現われる。——『イリアス』第一巻でテティスがゼウスを、「声の大きいゼウス」を、「いくつもの峰に分れたオリュンポスの一つの峰の頂上に他の神々から離れて坐っていた」（第一巻四九八―四九九）ゼウスを、探しにきたときがこれである。至高のゼウスは「踊は青銅、黄金のたてがみを靡《なび》かせ、疾《はや》きこと飛鳥の如き」駿馬をつけた戦車に乗って、大地から星空にいたる広袤《こうぼう》を一躍で越えてやってくる（第八巻四一以下）。同じく他のすべての神々も黄金と美しさと光に輝く。

神々が本当の姿で人間の前に突然姿を現わしたとき、その衝撃はいかばかりであろう！　そのとき、神々の抗《あらが》いがたい力がはっきりと露《あらわ》になる。

戦闘のさ中に、神々はしばしば、事態の進む方向をねじ曲げるために出現する。彼らは力を、あるいは弱点を与える。人間を騙すため、また人間の不幸を狙いとして好き勝手な助言をするために偽りの姿をする。アポロンが平手でパトロクロスの背中をぶち、彼の武具が外れ、目眩《めまい》がする場合のように、神々が直接人間に打撃を加えることもある。しかし一番多いのは、神々が人間を仲介にした行動で満足することである。神々は矢を目標に向けたり目標から外したりする。事物の秩序を無視してそうすることもある。『イリアス』第二〇巻でアテナは、アキレウスに突きささりそうな槍を、息を吹きかけて横に反らす。しかしアポロンはその仕返しにヘクトルを濃い霧で包むので、アキレウスは打ってもうまく当たらない。毎回、詩人は神々が干渉する際の手際《てぎわ》のよさをこんなふうに注釈する。アテナには「ふっと軽く息を吐いて」といい、アポロンに対しては「神の身であればいともたやすく」と述べる（第二〇巻四四〇―四四四）。神々が人間を手玉に取る手際のよさはよく口にされる。それは、こうした手管の儀牲者によってさえも同様にいわれる。そして、この手際は神の全能を強調するが、人間から少しも品位を奪わないというのは注目すべきことである。かくて詩篇『イリアス』の最後を飾るヘクトルの死は、一部は残酷な欺瞞の結果であり、アテナはヘクトルの兄弟デイポボスの姿をして彼を勇気づけ、ヘクトルは助力をえたと思い込む。しかし援助を要する決定的な瞬間に彼は自分が孤立したことを知り万事窮する。彼は栄光に満ちて死地に赴くことを決意する。ともかくこれは彼に委ねられた選択であった。

ゼウスの権力にもおそらく限界がある。彼も運命を前にしては屈服せざるをえないようにみえるからだ。サルペドンの死がそれを証する。そしてゼウスは、秤[1]を手にするとき、運命を決定する、というよりは運命にお伺いを立てているようにみえる。

(1) ゼウスの秤については二四ページ(2)参照。

しかし、これはあまり厳格に提起してはならない問題である。ホメロスは神学者ではなく、アイスキュロスのように神の意志、その意味、その限界を問いただすことはしない。この分野で、いくつかの確かな点と並んで多くの不確かさがみられるのはこのためである。

3 神意――ホメロスにおいては、どの神も共感または怨恨の感情に左右される。ではゼウスはどうか? 万能で裁定者のゼウスは?

アイスキュロスにとってはゼウスは正しく、神の正義は万物を支配する。しかし『イリアス』ではこれはほとんど問題にならない。ゼウスが、人間どもの無法な裁定を罰するため暴風を巻き起こす一節がある（第一六巻三八六以下）。しかしこの箇所は例外で、語彙もはなはだヘシオドスに近く、他と著しく異なっている。そのほかゼウスの心を動かすことや、「祈願の女神たち」の話もあるが（第九巻五〇二以下）、ゼウスの正義にはふれていない。人間はこの正義を当てにして混乱する、といえるだけである。特定の場合に、誓約とか客人の権利とかが割りこんでくると、人間は、全面的にこれを当てにすることもある。また不幸に見舞われると、結局は過ちを犯すことも多い（パリスの場合がそうであるように）。言い換えれば、この正義は厳粛な断言の対象ではなく、多少なりとも無言の了解事項、感じ取られるものである。

したがって表面に出ないこの手がかりは、『『イリアス』にはすでに神の正義あり」とする人たち（ロイド・ジョウンズら）の考えの正しさを示す。しかしこの手がかりは潜在的なものである。つまりそれを探索し取りだし結びつけねばならない。このように『イリアス』が強い主張を欠くことは、『オデュッセイア』が同じ方面でまことに明確なだけに強い印象を受ける。

『オデュッセイア』は神々の会議で幕をあけ、ゼウスは人間どもの愚行を非難し、アイギストス(1)を例に挙げる。彼は神々の意向に逆らって罪を犯し、命でそれを償《つぐな》った。ここでオデュッセウスとの対照は不要で、詩人がはじめからその考えを強調するつもりだったことは明らかである。この同じ詩人は機会あるごとに、神々が行きすぎを罰することを示し、ゼウスが客人だけでなく乞食（『オデュッセイア』第六巻二〇八）や嘆願者（第九巻二七〇）の庇護者でもある、ということに注意する。したがって、『イリアス』で漠然と感じられていただけの正義感は『オデュッセイア』では隅から隅まで行き渡っている。これはたぶんテーマに、あるいは作者によるのであろう。しかしまたこの同じ正義感がヘシオドスにおいて、後にはアイスキュロスにおいていっそう明確になることも事実である。

（1）アガメムノンを、その妻と共謀して暗殺する。一三三ページ（1）参照。

叙事詩は神の正義という意識をもっているが、しかしそれは少しも明晰で組織的な観念ではない。そしてわれわれの時代の大部分の人びとも、哲学や明確な信仰にでも動かされないかぎり、この問題について同様に確信をもたず、また矛盾した気持ちのままなのであろう。

さて、古典期[1]のギリシア人さえわれわれほどはっきりと取りあげなかった問題で、かつホメロスに関連して絶えず提起されるもう一つ問題——神と人間の因果関係、その二重構造の問題[2]——についても類似の評価がなりたつ。

（1）前五—前四世紀を狭い意味で「古典期」と呼ぶことができる。文学史上は悲劇・喜劇の時代である。
（2）人間が行動を起こす場合、意志決定は神にあるのか、人間（英雄）にあるのかという問題を指す。

ホメロスにおいては万事が神々から生じる。なにかの企ての結果のみならず、それを生んだ考えそのものも神から出ている。或る神は恐怖あるいは怒りを吹きこみ、行動のきっかけを与え、あるいは抑制する。しかも英雄たちは偉大で責任を取り、彼らの意志、性格、反省は決定的な価値をもつとの印象を与える。『イリアス』第一巻でアキレウスがアガメムノンを叩こうと身構えるとき、彼を抑えるのはアテナである。けれども、神々に敬意を払うがゆえに自制するのも彼の怒りであり彼自身である。同じくゼウスは最後に、パトロクロスの遺体を返却するようにと、母(テティス)をしてアキレウスにいわせる。これを承諾し、また新たに立腹しそうになり、自分の父(ペレウス)への思いに感動させられるのも彼自身である。

因果関係のこの二面のうちどちらに重点をおくかは、場合によりまた学者によっても異なる。神々に基づく因果関係は、突然で無意識の、一種の人間の反応の投影であるとみる人もおり、人間の意志の自由は幻想か例外だと考える人もいる。そしてA・レスキ(A. Lesky)の研究によって、この二つの因果関係がどのように共存し、重なりあい結びつくのか、見事に明らかにされた。これは、形態は多少異なるけれども、『オデュッセイア』におけるオデュッセウスとアテナの不断の協力が実例で示している現象である。

しかしなぜそれほど目をみはることがあるのか? 今日なお多くの人間が、自分たちは神と医者、祈りと麻薬で救われた、というのではなかろうか。いわんや叙事詩の中では二種の因果関係はなんの問題もなく結びつく。問題はまだ提起されていないのだ。

ともかくこういう事情のためにホメロスは、神々の干渉という驚異を、人間にとって重大な鋭い感覚――神々は無制限に人間を導き、あるいは叩きつぶすという感覚――に結びつけることができた。逆にこれらの体験はすべて人間を際立たせ、その行動をいっそう浮き彫りにする。

終わりに付けたすべき点は、詩人は、作品を超自然的な干渉で満たすことに成功し、しかもあらゆる時代の人間の経験から外れることがない、ということである。詩人は干渉を呼びおこす巧妙な技法でこれを行なっている。

4　神々の介入――神々はあらゆる姿になり、瞬時に居場所を変え、暴風と雲を呼び、病いを治《なお》し、老いを若返らせ、人を眠らせ目覚めさせ、命を落とさせ、あるいは救うことができる。その行動はいたるところに現前し、至高のものである。にもかかわらず、詩篇中のそれらの提示方法を点検すると、人間の習慣からみて、この介入にできるだけ衝撃を少なくしようと気をくばることは驚くばかりである。

確かに神々はどんな姿になることもできる。しかしホメロスは適宜選択をする。プロテウス(1)――ホメロスにとっては本格的な神ではない――の場合を別とすれば、ホメロスは変身（メタモルフォーズ）を回避する。テティスはペレウス（テティスの夫）と共になることを欲しなかった、と詩人はいうが、彼女がペレウスを避けるために変身したとはいってない。すべてこれらの話をわれわれは、ゼウスが人間の女のところへ通うために用いた変身についても触れない。また、ゼウスが人間の女のところへ通うために用いた変身についても触れない。

避する。テティスはペレウス（テティスの夫）と共になることを欲しなかった、と詩人はいうが、彼女がペレウスを避けるために変身したとはいってない。すべてこれらの話をわれわれは、あまり慎重でない他の詩人たちから知らされたのである。ホメロスの作品で神々は確かに、人間に働きかけようとして思いどおりの姿になることができるが、しかしそれはきまって人間の姿である。より正しくは、神々は一般に当の人間がよく知っている人物の姿形《すがたかたち》に身を変えて現われ、不意を衝くのを避ける、というべきであろう。

（1）ポセイドンに仕える海の老人。姿を自由に変えることができる。

ホメロスにおいて神々が動物の姿になる場合が一つだけある。神々はときに鳥のように現われる。しかしそれはなんたる自然さ、なんたる滑らかさであろう！　アテナは「鳥のように」やってくる。これは変身であろうか、それとも隠喩であろうか。これについてはいろいろ論議された。ということは、テクストに疑問のある証拠である。おそらくこの表現は到着の素早さをいうだけであろう。仮にこれが本当の変身だったとしても（『オデュッセイア』に二、三度ある）、変身のうちの最も手軽な場合ではなかろうか。どんな小話でもこれはやることであるし、日常の言語がこれを証する（「小鳥が私にそういった」[1]）。

（1）Mon petit doigt me l'a dit.「私の小指がそういった」とよくいうようである。

この変形[1]は男神あるいは女神の速やかな移動に対応する。また、翼あるサンダルからゼウスやポセイドンの不思議な車にいたるまで、男神はさまざまな形を取ることができる。ホメロスはそれを描写するのが好きだ。『イリアス』第八巻の、ゼウスのイデ山への出発には第一三巻冒頭のトロイアへのポセイドンの出発が類似の定型句で対応している。すべてが黄金製であり、すべてがキラキラと輝く。戦車は、道を開けてくれる海上を矢のように飛ぶ。驚異的な出来事をこれほどすばらしく表現した文章はそう多くはない。また理屈に合わない事細かな描写も全然ない。ぐっと開く海でさえも、海面を割って進むあゆる船の作る水の窪みほどには速くもなく強力でもない。「海の怪物」はたぶん海豚《いるか》にほかならず（J・カクリディスはそれを適切に明示した）、エーゲ海では海豚は船の航跡を追うのが好きなのだ。要するに、神秘の輝きも日常的な経験の延長にほかならない。そしてホメロスは、戦車がどんなに速く走るか、海がどう開けるか、などの記述や、東洋の小話が面白がるような微細な点の説明を差し控える。

（1）「変形」transformation は「変身」méamorphose の言い換えである。

同様に、神々は嵐を呼び霧を起こすこともできる。しかし現代でもこれらの現象を「神の業《わざ》」というではないか。また、寝入るとき、あるいは愕然として目覚めるとき、突如病いが直り、急に若がえりを感じ活力に満ちあふれるとき、理由は分からぬが、これは外から恵まれたものだと考えて天に感謝するのは普通ではなかろうか？　ここでも日常の言葉がそれを証している。「別人のように」感じるからである。

以上の考察は、叙事詩に含まれる超自然的な要素を否定するのが狙いではない。そんな否定は馬鹿げているであろう。考察の目的は、自然と超自然、人為と神業《かみわざ》が似ており、結合し、カバーしあうことを示すことだけである。

アキレウスが河と格闘する幻想的な大きな巻（『イリアス』第二一巻）でも同じ特徴が感じられる。この河は一柱の神である。それは口を利き、感情をもち、意志をもつ。しかし描写はほとんど水流と戦う人間の体験のようにみえる。「アキレウスのまわりには、大波が凄まじく湧き立ち、流れは楯に撃ち当って押し流そうとし、しっかりと踏み留まることもできぬ」（二四〇以下）。これは正真正銘の神であり、同時にまた文字どおりの河である。つまり超自然と人間の経験がここでも一体化している。

二者の結びつきは必ずしも同じ割合ではない。超自然の割合は場所により機会によって異なる。すなわち『イリアス』では、奇蹟は人間の冒険の重大な機会に区切りをつける。アキレウスの戦線復帰は比類ない轟音を伴い、サルペドンが倒れる瞬間にもゼウスの例外的な悼《いた》み――パトロクロスの最後の勝利にもなっている――は血の雨で強調される。この現象は、ラテン語の文書ではよくみられるが、ホメロスの詩篇では、この悲痛な瞬間に敬意を表するために一度現われるだけである。また、動物はホメロスでは口を利かない。――例外は一つだけで、第一九巻の終わりでアキレウスの馬が[1]彼の死の迫ったことを告げるべく突然人間の言葉を授けられたときである。更に、筋の運びが頂点に達すると、奇蹟は倍増する。ポセイドンがアイネイアスを奪いアキレウスを騙すとき、アテナがアキレウスに武器を渡してヘクトルを騙すとき、闘争の一種の増強が感じられる。これらはすべて第二〇巻にあり、また第二一巻でアキレウスの河との格闘、火に対する水の格闘、神々同士の格闘をみることになる。ヘクトルの死は準備され、神々は他のいかなる死の場合よりも大きな役割を果たす。

（1）馬の名はクサントス。第一九巻四〇五以下。

筋の大きな転換の場合に超自然を適用するのは『オデュッセイア』にみられる。ここでは奇蹟が主要な急展開を強調する（とりわけ、第一二巻三九四—三九六「太陽の雌牛」の虐殺）。この詩篇でも超自然はイタカにおける最後の格闘の瞬間に強化される（とりわけ第一九巻三三—四三の宮殿一杯に広がる光、あるいは第二二巻でアテナが、『イリアス』におけるがごとく、楯を誇示して行なう奇蹟）。

しかし超自然の適用については両詩篇とも同じで、人間の冒険の決定的な瞬間を一層の輝きで目立たせるが、『オデュッセイア』には更にもう一つの、もはや神々の直接の介入がない別の形の超自然がある。それは魔術的な世界、人間とオリュンポスの神々の中間にいるパッとしない神格[1]の宿る世界のものである。

（1）これらの神格は英雄とは別の意味で「半神」と呼ばれることがある。七六ページ（1）参照。

この魔法と幻想は『イリアス』ではほとんどまったくみられず、かくしてホメロスの新たな[1]タイプの慎重さが窺われる。

(1) 魔法、幻想は『オデュッセイア』においてもかなり控え目で『千一夜物語』などとは違うし、『イリアス』にはほとんどみられない。「新たな」とは、『イリアス』に比べての意である。

5 魔法と幻想

――他の証拠からわれわれには分かっていて、確実に古くからある伝説について、その特徴をホメロスが黙って見過ごす場合、前節で述べた慎重さがはっきりする。『イリアス』第九巻の、ポイニクスの雑談の中で、詩人はメレアグロスの物語を要約するが、どの伝承でもよく知られている魔法の燃え差しの存在についてなにもいわない。すなわち、この燃え差しが燃えつきるとメレアグロスの生命は失われる、という話である。ホメロスはこの話の人間的な面を保存したが、魔法の点は残さなかった。同じく第六巻でベレロポンについて、その企てその傲慢その没落について語るが、ベレロポンは彼の成功と失墜のもとになった翼《つばさ》ある駿馬ペガソスをおもいどおり駆使する、というよく知られた話はしない。おそらく、詩人はなにか仔細があって、この超自然的な手段を退けたのであろう。この点『千一夜物語』とはまったく逆である。『イリアス』で詩人は、パラディオン(1)について、その存在だけでもトロイアの救いとなるのに語ろうとせず、またアキレウスの武具は、神々から供せられたにもかかわらず、いささかも超自然的な力をもっていないことが分かる。武具は美しく頑丈なだけである。またホメロスは、その武具が人間の力では「容易《たやす》くは」貫けない（第二〇巻二六五）という。武具が——アキレウス自身が後に踵《かかと》(2)のほかは不死身とみなされたように——不壊《ふえ》なることは十分ありうるが、これらについてホメロスは一言もいわない。

(1) パラディオン、ギ Palladion〔Παλλάδιον〕パラス（アテナ女神）の像、トロイアの守護神。
(2) 踵（かかと）talon, エ heel, ド Ferse, イ tallone は、アキレウスについては「腱」tendon エ tendon, ド Sehne, イ tendine, ギ tenōn〔τένων〕の意で用いられることが多い。「アキレス腱」の学名はラ tendo Achillis である。

けれども『イリアス』には、魔術的な、ただし少しも目立たない神々専用の物品がある。第一四巻の、ゼウスを誘惑するようにアプロディテがヘラに与えた「紐《ひも》」とか、同じアプロディテがヘクトルの身を守るために身体に塗った聖油とかがそれである。しかしこれは『オデュッセイア』に比べるときわめて少ない。

『オデュッセイア』には秘薬がいろいろある。ヘレネ(1)はエジプトから将来された、苦悩・苦痛を抑える鎮痛薬をもっている（第四巻二一九—二三二）。第九巻のロートスは帰郷の願望を忘れさせる秘薬である。キルケは人間を豚に変える秘薬をもち、ヘルメスは、オデュッセウスが彼女の誘惑に負けないように、根の黒い花の白い、折ることのできない植物「モーリュ(2)」を与える。この秘薬はあらゆる魔力から彼を守るもので、マンドラゴラスに似たものとみられることもある（第一〇巻三〇二—三〇六）。

(1) ヘレネはエジプト出身とされ、この麻薬は阿片であろう、との説があるそうである。

（2）「モーリュ」moly, ェ moly, ギ mōlu〔μῶλυ〕マンドラゴラスはナス科の植物。

こういう薬草の魔法は罪のないもので、実際には超自然というより薬の処方のようなものである。しかしこの魔法は『オデュッセイア』では、すべてが可能にみえる遠い世界の話である。そしてイタカにおけるオデュッセウスの闘争はアテナ側からの手厚い庇護のもとに行なわれるが、彼がパイアケス人に語るそれまでの一連の冒険は、怪物、魔法使い、あるいは下っ端の怪しげな神格たちの雰囲気に包まれている。――キュクロープス、アイオロス、ライストリュゴネス、セイレーンたち、カリュブディスとスキュラは、奇怪な者どもの陳列所であり、東洋やエジプトの奇談とか『千一夜物語』のあちこちに出てきそうな遠い国の民話である。

しかも『オデュッセイア』の中で、オデュッセウスはこういう冒険を体験する唯一の人物ではない。メネラオスは、「海の老人」プロテウスを、その変身にもかかわらずどうやって征服したかを語りながら、奇妙な話をする。老人の変身は、フランス語の形容詞「プロテイフォルム」(1)に生き残るほど目立つものであった。

（1）protéiforme は Proteus, forme で、「変幻自在の」を意味する。

このように話の調子が違うのは、一人の人間をさまざまな冒険旅行と対置する主題に、また民話に取材した詩人の原材料に、関係がある。しかし両詩篇の雰囲気の違いにもかかわらず、ここにも『イリアス』が守りぬいた控え目な態度の幾分かが見られる。

『オデュッセイア』の怪物はけっして異様には描かれていない。巨大で残忍で、通常の人間の慣習から遠く離れている、といわれるだけである。しかも詳しいことはなにひとつ述べられない。キュクロープスについて、はじめて言及されたとき、詩人は他のすべての者から離れて生きているといい、こう注釈する（第九巻一九〇—一九二）。「まことに驚くべき巨大な怪物で、パンを食って生きている人間とは似ても似つかず、むしろ高く聳える山々のあいだで、諸峰にぬきんでて、樹林を戴きひとり天を指さす高峰とでもいったところ。」一眼であることは周知のこととして口にされない。ライストリュゴネス人の場合は、泉で水を汲む彼らの王の娘に（オデュッセウスの部下が）出会う。彼女は「力持ちで」「逞しい」。描写はそれだけで、彼女の母については、少し先で身長は「山の峰ほどもある」と文学的にかつ大げさに描写される（第一〇巻一一三）。セイレーンたち、カリュブディス、スキュラについてはなんの描写もない。結局どうなったか、という結果だけが知らされ、最後の二つの場合、結果は航海者にとって危険な海洋現象にすぎない。ヘルメスがオデュッセウスに与えた植物については、なんの役に立つのか、どう扱うのか、ということもいわれない。オデュッセウスと魔女キルケのあいだでなにがなされたか、言及さえされない。『オデュッセイア』の詩人はこの驚異と幻想をくどくどと語ることをできるだけ避ける。詩人は異常な恐怖と危機の印象、あるいは近くあるいは遠くから絶えずオリュンポスの本当の神々に繋がる救援の印象だけを大切に残す。

プロテウスは例外をなすといえる。――詩人自身によってこのプロテウスは提示されなかった。(1) しかしこの極端な場合にも、変身の描写が詳細な点を少しも含まないこと、海の老人を制圧する方法――それは魔法以外にはありえないが――は全然描写されず、加えて海豹《あざらし》はあらゆる海の伝説で人間とのかかわりでは海の神の化身であるのに、ここでは人間が海豹に姿を変えて神格を騙すということがよく看取される。したがってここでも、魔法の役割と人為の役割とは、同じタイプの物語における、ホメロスの原材料あるいはヴァリアントの場合とは確かに逆である。

(1)『オデュッセイア』第四巻三六五以下、三八五以下に多少の記述がある。

つまり奇蹟と人為の混合にはあらゆるレヴェルがあり、十分明らかにされたとおり(J.Griffin)、「圏」の他の叙事詩に対比してみると、この混合はホメロスのユニークな性格をなしていることが分かる。

以上の事実で説明されるのは、神話や伝説のすべて――叙事詩はその基本を後世に伝えてくれた(G. Germain は『オデュッセイア』の例を挙げている)――に対して学問的研究がどれほど熱心であったか、一方、作品そのものは遠い過去――その意味は変化し人間化した――とどれほど根本的に断絶しているか、ということである。

人間が登場する方式にもむろん同じ精神が現われてくる。一方で人間たちは「神々に似る」英雄である。しかしこの場合も彼らはまずなによりも「死すべき者」[1]であり、彼らの生きる条件が限られていることは絶えず指摘される。そしてこの二つの相は補いあい、相互に修正しあう。

（1）「死すべき（者）」mortel, エ mortal, ド sterblich, ギ brotos〔βροτός〕（ただし主として詩語）は「人間」の意味で用いられる。一四八ページ（1）参照。

第六章「神々に似る」英雄たち

ホメロスが登場させる人物はふつうの人間ではない。英雄[1]である。

（1）ホメロスを扱う場合、フランス語の héros, エ hero, ギ hērōs〔ἥρως〕に「英雄」の訳語を当てるのは必ずしも適切ではない。以下にあるように、神と人間の両面の属性を備えた空想的な存在であるから、「半神」「神人」が相応しいかもしれないが、「英雄」のほうが親しめるし、「英雄叙事詩」（poéie héoïque, ド Heldenepos ）という語は熟しているからこれを採る。正確な意味は本章について理解されたい。七六ページ（1）「半神」参照。

だがこの語の意味を明確にする必要がある。これはギリシア語で通常神格化された人間を意味し、その死後、人びとから崇敬を受けた者である。ところがこの語の意味は、ホメロスでは――ホメロスがもとでその後のすべての文学においても――これと違っている。この語は完成された人間、他に優越する「最上の」人間を指し、しかも彼らは、神々や女神たちの子であっても、あくまでただの「死すべき者」である。更に彼らは、人間の条件から外れる明確な特徴はなにももっていない。他の国の叙事詩に現われる英雄とは違って、彼らは七歳で成人することもなく、彼らだけで数百人の敵を倒すこともできない。

「圏」の詩篇にみられるのとは異なり、彼らはリュンケウス[1]の目をもつこともなく、アキレウスに付与された不死身さ——不完全であったにせよ——もそなえていない。

（1）アルゴ船乗組員のひとり。異常な透視力をもっていたという。

以上の条件をつけたうえで——ただしこの条件は重要である——ホメロスの英雄は、およそ人間が渇望する諸性質を極限までもっている。

彼らは一般に長身で凛々しく力もちである。彼らが出動するたびに、いろいろな評価がそれを思わせる。それは「兜のきらめく偉大なヘクトル」「テラモンの子偉大なアイアス」「心の寛大なオデュッセウス」「雄叫び鋭きディオメデス」である。また彼らの武具は必ず「大きく強力」でまた「光輝く」。彼らの妻たちは「髪美しく」「美しい帯紐」をもつ。彼らの中には臆病者はひとりもいない。

これら英雄たちは格別の世界を形成する。彼らは王なのだ。ホメロスは好んで「高貴な王と力強い戦士」の二つの観念を結びつける。

『イリアス』の中で、「卑しい」のはひとりだけである。それはテルシテスで、滑稽な跛であり、第二巻で王たちを非難する（二一二）。彼はおもいきり一同を楽しませるためにオデュッセウスにあえて馬鹿にされ打たれる。英雄だけが重要な存在であり、彼らだけが注目に値する。戦争、戦闘が、英雄たちの敢行する一連の個人的武勲として示され、他の戦闘参加者は混戦に加わるにすぎず、その混戦も武勲の語りはじめの数行で片づけられるのは以上の理由による。

『オデュッセイア』では、事情はこれと同じではない。王たるオデュッセウスは、豚飼いから、召使女、きわめて身分の低い従僕をへて乳母にいたる、ごく小人数にとりまかれて登場する。『イリアス』と違って『オデュッセイア』はこの英雄をその住居、その領地で登場させる。したがってイメージに違いがある。王に従うすべての人たちがきわめて密接な結びつきで彼の周囲に集まっている。その雰囲気は家父長制のそれである。王は情け容赦なく暴虐に振る舞うこともできるが、また心やさしく愛されることもある。イタカは確かに小さな王国であるが、しかし明らかに筋の及ぶ範囲は広く、物語が王の物語であっても、素朴な人たちが登場する。

ただしこのことは、「権力者として（イーピ、ギiphi[1]）」支配するこれらの王たちが、オリエントにおけるごとき絶対的な支配者だという意味ではない。その反対である！

(1) ギiphi〔ἶφι〕「力強く、権力をもって」を意味する副詞。女の名イピゲネイアは「強い生まれ」の意。ドイツ語では Iphigenie［イフィゲーニエ］となる。

『イリアス』では社会はやや人工的である。アガメムノンに従った王たちは彼の家臣ではない。王たちを威圧する彼の権威は困難を伴う。アキレウスの怒りがそれを証する。王は限定的な協議あるいは会議の形で他の王たちに諮問し、弁解したり他に意見を求めたりする。戦士の間にも一種の合議制が存在する。ところで、この特徴は『オデュッセイア』が描く政治生活にもみられる。ここにもいくつかの決まりを遵守する会議がある。その構成と権力は不安定であるが、ともかく君主が、命令を受ける者たちと話しあいをすることは明らかで、王は彼らの意見を聞く。彼は裁定者の役割を果たすこともある。この意味ですでにヘシオドスの王・行政官[1]に近いものがある。更にオデュッセウスの場合には、彼が「父の慈愛」をもって統治したことが絶えず指摘される。この家父長制的な状態は専政君主制の要素をまったくもたない。家臣たちは彼の周りに集まってその繁栄に尽くし、彼もその遠征や威力で彼らの安全を確保しつつ、その繁栄に寄与する。

（1）「王・行政官」は rois-magistrats の訳語。ヘシオドス『仕事と日々』三八にはギ basileus〔βασιλεύς〕とあり、これはふつう「王」と訳されるが（とりわけ東方の専制君主など）、ここでは地域の有力者で、遺産相続の争いなどを裁定する公的権限（またはその実力）をもっていたらしい。松平氏の訳文では「殿様」となっている。なお建築用語の「バジリカ」basilique, エ basilica はこのギリシア語に由来する。

また、一種の契約――[1]王の利益と英雄的行為と栄光とを結びつける、多少意識的な一種の契約――が存在する。『イリアス』第一二巻でサルペドンはこれを次のように言い表わす。「グラウコスよ、何故われらふたりがリュキエにおいて特に重んぜられ、上席に坐り肉も酒も他の者より多く飲みかつ食らい、皆が神の如く仰ぎ見てくれるのであろう、それのみではない、われらがクサントスの河辺に広大な王領――見事な果樹園や小麦の稔る田畑を持っているのは何故であろう。これを思えば今われらは、リュキエ勢の第一線にあって踏み留まり、燃えさかる火の如き激戦に立ち向かってゆかねばなるまい。さすれば武装堅固なリュキエ人のたれかれが、こういってくれるかも知れぬ。《なるほど、リュキエを治めておられる殿様方は並のお人ではない。肥えた羊、極上の美酒を飲み食いされても文句はいえぬ。リュキエ勢の先陣にあって戦っておられるところをみれば、その御力も大したものだからな》とでもな」（三一〇—三二一）。

（1）ここでいう「王」とは英雄であり、つづく文中の「殿様」である。彼らは武勇と生命の引き換えに物的利益を享受し、著者はこの点を「一種の契約」とみている。

ここに英雄という語の新しい意味、英雄的行為（エロイスム）の新しい意義をみることができる。これらの王たちは、定義によって勇者だからである。

とりわけ、その特徴である勇気と寛容を極端まで押しすすめ、必要とあれば、いつでも高貴な精神で死を受けいれる用意がある。アキレウスは、ヘクトルを殺せば自分も死ぬであろうことを知っている。彼は親友の仇を討つためにこれを受けいれる。ヘクトルもまた、自分の死を承知でこれを受けいれる。かくて彼はアキレウスと一致する。彼は、万人が熱望するもの——名声と栄光——の名においてこの犠牲を甘受するとまでいう。

しかしここで一言加えておこう。十人十色の英雄たちに同じ英雄的精神がみられるが、各自が容易に見分けられる性格をもち、大なり小なりそれらしい風格をそなえている。

今みたばかりのよく似たふたりの場合、なんたる相違であろう！　アキレウスは女神の息子である。彼は乱暴でそっけなくて孤独だ。ヘクトルはプリアモスとヘカベの子である。彼は責任感が強く、きわめて心やさしい絆《きずな》で全家族と密接に結ばれている。彼も過ちを犯すことはある（ポリュダマスの賢明な助言を退けたときのように）。彼はまた苦悩することもある（アキレウスに立ち向かう前のように）。一部の人が考えたように、ヘクトルが詩人の発明した英雄で、アキレウスは昔からの伝承に属するのだとすると、作品そのものが英雄主義の概念の進化を反映しているというべきであろう。『イリアス』から『オデュッセイア』へ目を転ずると、進化は明確であるから、これはありえないことではない。『オデュッセイア』に登場するのは、聡明さと実際生活のセンスが雄々しさをしのぎ、雄々しさはわが身を救うためにしか発揮しないオデュッセウスである。しかしすべてを進化のゆえとすべきでもない。パリスとヘクトルの間にはヘクトルとアキレウスのあいだにおけるのと同じ程度の相違がある。ホメロスは、パリスがヘレネと共にくつろぎ、熱心に鎧《よろい》を磨き弓をもてあそんでいる部屋へ、槍を握ったヘクトルを導きいれることで両者の対照をくっきりさせた。また、同じように勇敢な英雄のあいだでも、ネストル、ディオメデス、アイアス、パトロクロス、その他多くの者のあいだに完全な調子の違いがある。それぞれが明確に特徴づけられ、格別に生き生きとしている。同様にペネロペイア、アンドロマケ、ナウシカア、ヘレネはそれぞれ違いのある女たちで、いずれも明確な典型に帰せられる。

しかし人間は異なるが美点は共通する。女たちはみな愛らしく礼節を守り、男らはみな勇猛である。かつまた勇気はいささかの疑う余地もなく第一の徳である。昔われわれの辞書の中で驚かされた「アガトス」(agathos[1])の古い語義――「よい、戦場で勇敢な」――はこの時代のものである。ホメロスの時代には主要な「徳」は勇敢であった。近年(A. W. Adkins につづいて)家族を守護するこの「徳」と、「競争心ある」(compéitif)と呼ばれる美点が強調され、このような価値体系においては、挫折は不名誉を意味するとまでいわれた。しかし、倫理思想史上は興味があるが、ホメロスの英雄の僅かな一面に限られるこの考えだけを重視するのはホメロスを歪めることになるだろう。

(1) ギ agathos〔ἀγαθός〕は「勇敢な」を含めてあらゆる意味で「いい、善い、好い」である。女の名 エ Agatha「アガサ」は「良子、佳子」であろうか。

ホメロスの英雄の世界は、それを取り巻く素晴しい事物の場合と同様に、道徳的価値の点でも洗練されている。勇猛果敢は英雄の唯一のものではなく、まだまだほかにいろいろ美点がある。

まず、勇気は信仰心と繋がっている。祈り、犠牲、奉納はけっして疎かにされない。この決まりを遵守するのは英雄たちにとっては神々への帰依である。「ヘクトルが憐れでならぬ」とゼウスはいう、「あの男は山襞《やまひだ》多きイデの山頂、ある時はまた城の頂上で多数の牛の腿《もも》を焼いて供えてくれた者であるからな」（『イリアス』第二二巻一六八―一七二）。同様に『オデュッセイア』には、オデュッセウスについて「神にも劣らぬオデュッセウスを、今にしてわしがどうして忘れようぞ。その才覚は衆にすぐれ、また広大なる天空を占めるわれら不死なる神々に、誰にもまして見事な生贄《いけにえ》を供えてくれた男ではないか」とある（第一巻六五―六七）。物語の中でオデュッセウスは神々の加護を求めるため祈りを捧げ、あるいは加護がえられたとき感謝するのを欠くことがない。独りで難破し、憔悴してパイアケス人の国にたどりついたとき、泳ぎ、難儀をするが、同時に、潮の流れで運ばれたこの未知の川の神に祈る（『オデュッセイア』第五巻四四五以下）。彼は絶えずアテナにすがり、彼女と神々への恩義に感謝する（第一三巻三一四以下）。

さて神々への崇敬はけっして違背されることがないが、それは他のいくつかの決まりに対する崇敬を伴い、神々はその保証人とみなされ、これらの決まりはホメロスの社会に確乎たる道徳的価値を導入する。誓約の尊重と客人の丁重な扱いがそれである。

客人を歓待するのは礼儀であり、それで主人の人間が評価される。それには寛容さばかりでなく、慇懃な態度も必要である。なにかを尋ねるまえに、まず食物を供し、またその前後にあらゆる便宜を計らねばならぬ。客人を不快にする恐れのあることは一切避け、敬意を表して祝賀の行事を催すが、そのとき詩の朗誦が重要な役割を果たすだろう。そして最後に、立派な贈物をしなくてはならない。オデュッセウスがパイアケス人のところで歓待されたのはこの点で模範的である。しかしもっと短い場面がいたるところにある（たとえばテレマコスの旅行中に）。更にこの歓待の習慣を守ることは、以後客人と主人公を結ぶ強い絆になり、絆は子子孫孫に受けつがれる。彼らは贈物の交換や相互の奉仕をもって付きあう（Moses Finley が指摘したように、ホメロスの社会における贈物の役割は重要である）。この絆は、ふたりの人間が諸事情から当然対決しそうな場合にも、闘うことをやめさせるほど大切であった。これは『イリアス』の中でディオメデスとグラウコスの間で起こったことである（第六巻二一〇以下）。よき主《あるじ》たることは文明開化と神々への崇敬の印にさえなる（『オデュッセイア』第九巻一七六）。

しかしこれ以外の決まりで、その遵守がこれほど詳細に述べられず、しかも重要さにおいてこれ劣らぬものがある。まず禁止事項、英雄たる者の断じて行なってはならないことがある。逃亡はむろんであるが、他人を傷つけること、約束を違《たが》えること、意図して人をあやめること、裏切り。これはやや消極的に見えるかもしれないが、しかし「圏」の詩篇以後ギリシア悲劇が好んだいかなる罪科もホメロスは断固として退けた。すなわちアトレウス一族の罪[1]は知られず、クリュタイムネストラの罪はときおり不問に付され、無実の者を陥れ犠牲にするのが狙いのときには、オデュッセウスの欺瞞は存在しない。こういう沈黙はすべてホメロスの道徳的要請がどんなものであったかを雄弁に物語る。オデュッセウスは策略上嘘をつくが、ホメロスの英雄は誰ひとり強欲や二枚舌あるいは裏切りで嘘をつくことはない。

（1）アガメムノンは妻クリュタイムネストラ（またはクリュタイメストラ）と姦夫アイギストスによって謀殺される。その後復讐の悲劇、アトレウス一族の罪業がつづく。

いや更にこういってもいいであろう。ホメロスの英雄はけっして人間味をもたないのではない、と。しかし読み進むうちに『イリアス』と最終部分の『オデュッセイア』とに満ちあふれる、ありとあらゆる負傷、呪阻、惨死に出会うと、以上の指摘は読者を驚かすかもしれない。この惨劇は十分写実的に述べられいて、現代人には衝撃的である。飛びちる歯、流れる血、潰された腱《けん》、まき散らされる内臓。詩人はどんな風に矢が刺さったか、剣の一撃がどんな風に成功したかを語る。更に、倒された敵もたやすくは容赦されない。アガメムノンは敵を斬りたおし、両手と首を切り落とす。首を刎《は》ねて押しやると、「胴は群がる兵士らのあいだを、臼の如くころころと転がってゆく」（『イリアス』第一一巻一四六—一四七）。だから、アキレウスがヘクトルの遺体に加えた、しかも詩篇において重要な意味をもつ酷《むご》い仕打ちはけっして例外ではない。アキレウス自身もまた、若いリュカオンが悲痛な面持ちで懇願したにもかかわらず彼を殺したとき（『イリアス』第二一巻七四以下）、例外ではなかった。ひとたび戦場に出るや、どんな英雄も殺すことを欲し、殺すことを誇り、殺したことを自慢する、手放しで際限なく。

こんな状況を考えると、どうして人間味などといえるのか？　理由は二つであろう。まず、物語そのものの中でこういう過剰な行為が非難される。ホメロスは負傷や打撃を臆することなく描くが、それは戦闘行為の一部だからである。しかし過度の勝利をえた者は、みな直ちに同じ運命に見舞われる。『イリアス』の終末はまさに、際限のない暴力沙汰をやめる方向にむかう。アキレウスは憤怒の絶頂に登りつめてヘクトルを殺した。彼はヘクトルの遺体を続けざまに辱めた。しかし物語は直ちに、すべてのトロイア人の涙を誘うこの若き死者への、憐れみを感じさせる。やがて神々はアポロンの介入に感動し、この残酷な仕打ちに衝撃を受けてここに参加してくる。そしてゼウスは、最終巻である大いなる瞬間(『イリアス』二四巻)を準備する。すなわち、ヘクトルの父老プリアモスの来訪、アキレウスがヘクトルの遺体をずっと見守る天幕への来訪となる。アキレウスは神々の命令と自分自身の感動のもとで、ヘクトルの遺体を返却し、プリアモスと食事を共にし、葬儀と服喪のための休戦を受諾する。『イリアス』は、この最終巻によって暴力が沈静する物語、不倶載天の敵のあいだに成り立つ配慮の物語となる。

つまり詩篇はその英雄たちの残虐さを訂正するのである。

しかし同時に、英雄たちはしばしば同じ繊細さ、人格間で同じ尊敬の念を示し、アキレウスも極端な忿怒《ふんぬ》から脱して徐々にこれに従い、他の者たちはいつもこの点に変わりがない、ということを心得ておく必要がある。ここはプリアモスの話であるから、彼が登場する最初の場面を証拠として挙げることができる。プリアモスはヘレネにアカイアの戦士の名をたずねる。われわれはプリアモスとヘレネのどちらがより繊細なのか分からない。彼はヘレネを呼び、彼女に「可愛い娘よ」といい、やがて彼女に明言する。「わしの思うにはそなたに罪はない、責《せめ》は……神々にある」（『イリアス』三巻一六四）。この信じられぬほどの寛大さにヘレネは敬意と悔恨の念をもって答える。「お舅《とう》さまはわたくしにとっては尊くもまたこわいお方でございます。……御子息に随ってこちらへ参りました折、むしろ惨めな死を選んだ方が宜しゅうございました。」永久に不実である女がここでは義父と義兄に対する悔恨と配慮に満ちた優しい若い女なのだ。「他人への敬意」すなわちアイドース[1]がこういう態度の源である。

(1) ギ aidōs〔αἰδώς〕は「慎み、羞恥心、敬意」を意味する。

ゆえに叙事詩は、武勲と冒険が支配する社会での戦争への関心をなおも保っている。しかし叙事詩は、それ自身洗練された長いの伝統ある礼節を守っていて、詩人はこの洗練ぶりを、あるいは人間的な美しさをすすんで賞賛するともいえる。

英雄の世界のイメージ、理想的な人物に具現された道徳的価値のイメージは、ホメロス独自の選択によるとおもわれる。推測されるかぎり、この選択によって、詩人はその典拠から区別されるだけでなく、彼に続いて同じ英雄を扱ったすべての作者たち（「圏」の詩人たち）からも区別される。

ホメロスの典拠を云々するのは慎重を欠くことになるかもしれない。しかし「圏」の詩篇は、後の時期のものであるとはいえ、やはり共通の土台から材料をえており、或る場合には、ホメロスは明らかにいくつかの伝説を知りながら語ることを拒んでいる。不死身の英雄たち、不壊の武具の数は多いが、しかしまた、詩篇中に見出されるべきで、しかも彼が巧みに語ることを避けた罪過と策略も少なくない。こうして、オレステスの母殺しはほとんど不問に付されたが、それでも『オデュッセイア』が、オレステスは「彼」を（明らかにアイギストスを）殺し、次いで「憎むべき母と怯懦のアイギストス」（第三巻三〇九―三一〇）を共に葬ったと述べるとき、やはり母殺しの事実は認めているのである。また、遠征に出ようとせず、参加を回避するために狂気を装うにいたるオデュッセウスの拒否はうやむやにされる。『キュプリア』は、彼を腕ずくでも探すべきだ、と物語るのに、『オデュッセイア』のほうは第二のネクイア（たぶん後世に属する第二四巻）でこの事実を暗示するのみで、まさに控え目に（オデュッセウスを）「説得」せねばならなかった、という（第二四巻一一九）。このように、都合の悪い主題を退け、その他を美しい背景に包みこむことによって、ホメロスはこれらの英雄たちに最も快適な日射しを選んでやるのである。

他方、ホメロスの英雄たちは、後々まで悲劇の中で生き残った。しかしそこでは彼らはみなが黒ずみ険悪で疑わしい。

先ほど、プリアモスが登場し、ヘレネに対して優しく寛大に振る舞う『イリアス』の箇所に触れた。

彼はヘレネを誹謗せず、一方彼女自身はパリスに従ったことを悔やんでやまない。詩篇はこれ（ヘレネが夫を捨ててパリスに従ったこと）を、その意思によるとも、好きこのんでともいわない。むしろ詩篇は彼女の「苦労と悲嘆」[1]を語る（『イリアス』第三巻三五六、五九〇）。トロイア戦争の進行につれて彼女は心ならずも次々とアプロディテに従い、[2]ヘクトルに対する敬愛の念を表明する（第三巻三八三―四四八、第二四巻七六一―七七六）[3]。「一人ならず男のもとにいた」この女に対するアイスキュロスの糾弾とは大違いである。アイスキュロスによれば、ヘレネの名を聞くと、「船をほろぼし、男をほろぼし、都をほろぼす」[4]ために生まれてきたこの女、「華美をきわめた帷《とばり》をくぐって、海をわたった……」、この「勝手気ままでみだらな」、「狂いに憑かれたヘレネ！　ただひとり女の身で、多くの、あまりに数多くの命を、トロイアの陣で、滅ぼしてなお飽きたり」ぬこの女を思いおこす（『アガメムノン』六二一、六八八―六九二、八〇〇―八〇三、一四五四―一四五五）。またホメロスはエウリピデスの嘲弄ともまるで違っている。エウリピデスは、『ヘレネ』と題する作品をべつとして、[5]ヘレネの名が出てくるすべての悲劇で、彼女の恋情、法外な贅沢嗜好、平然たる詭弁を挙げ、メネラオス（ヘレネの夫）はこの性悪女《しょうわる》を棄てて、二度と受けいれぬように、とアガメムノンとペレウスにいわせる。エウリピデスと対比するとホメロスの微妙な慎重さが浮き彫りになる。

（1）この部分は原典の解釈が二通りに分かれている。本書の著者は、ヘレネの出奔が誘拐だったとする同情的な立場に立ち、この「苦労と悲嘆」は彼女のそれと解する。これに対して岩波版の訳者松平氏は、文献学者アリスタルコス以来の説に従って「ヘレネゆえの《ギリシア人の味わった》苦労と悲嘆」と解釈する。訳者には判断がつきかねるが、松平説のほうが有力なようである。Liddell-Scott, Gr.-Eng. Lexicon. p.1253 参照。

(2)(第三巻一二一―一二四)とあるが、著者の要請により出典を削除する。

(3)ヘクトル云々は第二四巻のほうである。

(4)ヘレネという女の名は「取る、滅ぼす」の意の「ヘレギ hele-〔ἑλε-〕」と音が通じる。それで久保正彰氏訳ではこのヘレネの名を「ほろび女(め)」としている。

(5)エウリピデスはこの作品でヘレネを例外的に貞淑な女として描く。

しかし、だれもが自分を取り巻く英雄たちも同様であることを知っている。『イリアス』の中ではアガメムノンは頑固で(アキレウスと比べた場合に)かつ不決断(武将としての立場で)の傾向を見せる。しかしこれはアイスキュロスの罪深いアガメムノンとは雲泥の差であり、またエウリピデスにおいて、絶えず民衆を怖れ、その奴隷なのだと(とりわけ『アウリスのイピゲネイア』で)、万人に激しく攻撃される煽動家アガメムノンとは更に違いが大きい。同じくメネラオスは『イリアス』では雄々しい戦士であり、『オデュッセイア』では客を快く迎える王者である。ところがソポクレスの『アイアス』以後、彼は偽善者、卑怯者になった。エウリピデスの『アンドロマケ』で彼はこの評価で登場し、喜劇的な偽善者を演じる。『イリアス』の英雄メネラオスはその負傷が重要な意味をもち、最大の感動を呼ぶのに対し、エウリピデスにとって彼は槍の傷ひとつ受けずに凱旋する男である(『アンドロマケ』六一六)。悲劇作家は、ホメロスが想像しあるいは受けいれたかもしれぬが、しかしけっして描くことのなかった一切をわれわれに明らかにする。

けれども最も目をみはる実例はおそらくオデュッセウスの場合であろう。彼は『オデュッセイア』においては思慮あり繊細であると同時に勇敢であるが、悲劇作家にとっては、無実の人びと(パラメデス、ポリュクセノス、アステュアナクス、あるいはイピゲネイアのような)の死を絶えず求めてやまない嘘つき、煽動家、策士の権化になる。

「圏」の中に浸透しはじめ、徐々に勢いを増す英雄たちのこの陰険さは、急展開のある筋書きへの嗜好と、毎度新たな政治的経験に繋がりがあるのであろう。しかしこの陰険さは対照的に、ホメロスの詩想を包む光を玩味する手助けにもなる。そしてまた、その詩想は古来の伝承、民間説話、あるいは口承詩の助けを借りるのに応じて、ホメロス特有の配慮と意図を判定するのに役立つ。

ゆえにホメロスの英雄たちの輝きは、人間の条件を超越した、得手勝手な褒め上げの結果ではない。根本的にいってそれは、詩人が卑劣さには縁遠いということに基づく。他方、英雄賛美(エロイスム)の語の本来の意味(剛勇と決死)にもかかわらず、戦士たることだけに英雄の値打ちがあるのではない。そうではない。戦闘と死、死と危険の一杯つまった両詩篇を読むとき、その究極の印象がきわめて人間的な情景に終わる、というパラドックスを説明しうるとすれば、それは右の点であろう――『イリアス』におけるヘクトルとアンドロマケの別れ、あるいはアキレウスの苦悩、『オデュッセイア』におけるナウシカアとの出会い、あるいはイタカでのアテナとの対話。これこそが最も人間的な情景であった。けれどもこうした情景の影響力は、とくに『イリアス』の場合、すでにわれわれをホメロスの英雄たちの別の側面に導いてゆく。――かくも完璧な英雄たちを危険、恐怖、そして最後に死に向けて運命づける局面へと導くのである。

第七章「死すべき者」としての英雄たち

ホメロスを論じた最近の優れた著作は英語で『ホメロスにおける生と死』[1]と題されている（***Homer in Life and Death*, J. Griffin, 1980**）。この書名は的を射ている。ホメロスは、彼が語ったこと、語らなかったことを通じて、まさにこの生死なるものを『イリアス』の全体、『オデュッセイア』の一部の主題にしたからである。

（1）ここで著者は書名をフランス語（La vie et la mort dans Homère）で書いている。

人生の美しさはホメロスのいたるところにある。大厦高楼、磨きあげられた食卓、黄金の水差し、銀の大皿、広大な貯蔵庫、ズラリと並んだ銘酒の大瓶《おおがめ》。要するにイタカの宮殿のあらゆる財宝には人生の美しさがあり、アルキノオス[1]の宮殿は更に贅をつくしている。美しい衣服、浴室、快速の船、駿馬に、また、すべての人びとが睦みあえば、饗宴にも美しさがある。「宴《うたげ》に与《あずか》る客たちは屋敷の内に席を列ねて、楽人の歌に耳を傾け、傍らの食卓にはパンと肉が山と盛られ、酌人は混酒器から美酒を酌んで席を廻り、酒盃に酒を注ぐ」(『オデュッセイア』第九巻五—一〇)。オデュッセウスは最後に、これは彼の目には「愉楽の極致」だとしめくくる。しかし運動競技もこれに劣らず美しい。そして、「バラ色の指もつ」曙、星の輝き、樹木、湧きたつ泉、と世界そのものが美しい。エウマイオスが豚を飼う「大きく立派な」囲いにも、彼がサンダルの材料にした「染めのいい」革にも人生の美しさはある。しかし他方、神々の友情にも、彼らの眩《まばゆ》いばかりの出現にも。人生は美しさで一杯だ。

(1) オデュッセウスを歓待したパイアケス人の王。

しかしこの人生の喜びは、それが失われ、郷愁につつまれたとき、いっそう人を感動させる。これはホメロスでは珍しくない。とくに『イリアス』で、英雄が落命したとき、帰還できたならば味わったであろう幸福(第一七巻二四以下)、彼を取り巻いたであろう愛情(第二二巻四〇八以下)、娶《めと》るはずであった女(第一一巻二四一以下)の話はよく出てくる。単に場所を挙げる場合でさえ、平和な日々の思い出がそこをよぎる。アキレウスによるヘクトル追跡の際、「石造りの立派な広い洗い場が幾つもあって、まだアカイアの子らが来ておらず平和であった頃には、トロイア人の女房や器量のよい娘たちが、ここで艶《つや》やかな着物を洗っていた」といわれているのなどがその例である(第二二巻一五三—一五六)。この場合、宮殿生活の幸福にとどまらず、日常の家庭的なふつうの生活もまた今の苦悩に対比される。

英雄的行為は、臆することなくわが身を危険に曝《さら》すことにあるが、最高の英雄——アキレウス——の場合に、二度にわたって、もはやこの英雄のものとはおもえない選択あるいは悔恨に触れている箇所がある。第一は、苦しみのあまり自分の考えを全部はいわない。使者を追い返すとき彼はもう戦争の話は全然聞きたがらない。第二は、これは『オデュッセイア』のたぶん後世の部分であろうが、アキレウスの亡霊が死者たちのもとで、オデュッセウスに向かって単刀直入に明言する（第一一巻四七八以下）。「勇名高きオデュッセウスよ、わたしの死に気休めをいうのはやめてくれ。世を去った死人全員の王となって君臨するよりも、むしろ地上に在って、どこかの、土地の割当ても受けられず、資産も乏しい男にでも傭われて仕えたい気持だ。」この言葉は気弱ではあるが、英雄たちを戦闘へと活気づける生への熱気を保っている。またこうもいえる。オデュッセウスの活力と不撓不屈の精神は、彼の愛する人びとにかこまれた、懐かしいイタカの生活を守ろうとする同じ意欲にのみ基づいているのだ、と。

しかしこれらはまれな例であり、最も多いのは英雄的行為が以上の説明と対立する場合である。それは、望ましくない死でも従容として受けいれることで明瞭に示される。ホメロスは、英雄的行為と、死が不可避か、あるいは迫ったことのはっきりした兆候とを結ぶどんな機会も逃さない。

実例はいくらでもある。『イリアス』第一五巻でアイアスはしかじかの兆候からして、神々が自分に反対していること、敗北が確実なことを理解する。しかし彼は戦線から離脱することを拒む。「たとえ敵がわれわれに打ち勝ったとしても、やすやすと頑丈な船を捕獲できぬよう、われらは戦いに専念しようではないか」(四七六—四七七)。第一七巻で、自分たちの死が間近だとの感じも彼を引きとめることはない(二三九)。死の感情はトロイア方も戦線から退《しりぞ》かせはしない(四二一以下)。勇猛さを間近かな死に結びつけるこの根本原理は、差し迫った死をその都度英雄に告げるすべての予言の説明になろう。

そこから生じる彼の反応はいっそうの輝きをます。アキレウスの場合がそうであった。彼の馬クサントスが彼に死を予言し、彼がそれを受けいれたとき、「わたしが父母から離れたこの地で果てる運命にあることは、自分でよく承知している。とはいえ、トロイア勢に嫌というほど戦いの苦汁を味わわせるまでは、わたしはやめぬぞ」(『イリアス』第一九巻四二一—四二三)。これらの英雄が死に瀕して相手方の死を予告するのはこのためである。そしてなお躊躇《ためら》いをもつ彼らも、死の兆候を疑わずに受けいれる。かくてヘクトルは危急にさいして自分が神々に騙されたのをみてそれを察し、受けいれる。「なんたることか、神々はわたしを死へ呼び寄せられたに違いない。いよいよわたしの最期の時が来た。せめては為すところなく果てる見苦しい死に様ではなく、華々しく後の世の語り草ともなる働きをして死のうぞ。[1]」死はすぐ間近にありはっきりしている。真の勇気を発揮させるのはいつも死そのものである。

(1)『イリアス』第二二巻二九七以下。

いずれにせよ、死を必要条件とするこの悲劇性は『イリアス』にいつでも厳として存在する。そしてこの悲劇性は、本書において指摘したすべての文学的処置から生じる。たとえば、詩篇の構成において、神々の場面がどのように人間の場面と交替するかに注目した。この交替はいつも人間の神々への依存とその命運のはかなさを呼びおこす効果がある。また人間の価値や戦闘の帰趨をねじまげる神々の干渉の数が多く、手軽なこともにも触れた。これらの神々の干渉の結果は同じではないのか？　殺された戦士がもう会うこともない親しい人びとの名を挙げたり、対照——「昔魅力的であった」顔、「優美の女神の髪にも似る」髪の毛を埃と血でけがす一方、熱烈な御者の代わりに、「戦車を忘れはてた」横臥の死者だけを描いてみせるという この対照——を強調したりして、個々の死を際立たせる手短な注釈にも触れた。このような控えめなしかし痛烈な記述はまったく同一の役割を果たすのではなかろうか？

さてこの役割は肝心であって、服喪が重要な意味をもつ詩篇の中では壮大な死に際して鮮やかに現われる。

それは、同盟者として登場した非の打ちどころない英雄、ゼウスの子サルペドンの場合である。ゼウスは彼を救おうとする。残念ながらヘラが、決まりを破ることはできないとゼウスに注意し、ゼウスはこれに従う。しかしどんなに辛い思いで従ったことか！　血の雨がその証拠である。神々の王（ゼウス）が、彼の息子サルペドンの遺体をめぐって繰りひろげられる戦闘を見守るときの緊張感も同じである。いつもの対比がここで執拗に繰り返される。「いかに目敏《めざと》い者であっても、もはやこれを勇猛サルペドンと見分けることはできぬであろう。全身頭から爪先まで槍や矢を受け、血潮と砂塵に塗《まみ》れている」（第一六巻六三八以下）。ゼウスの息子のこの最期は、遺体がアポロンによって浄められ[1]、「眠りの神」と「死の神」の手でリュキアまで運ばれるから、一種の神々の葬送となる。

（1）「河水で洗い、アンブロシアを塗って」とある。（第一六巻六七九）

人間の死の悼《いた》みはもっと頻繁で、神々の場合に劣らず痛切である。これは『イリアス』中でパトロクロスとヘクトルの二つの死が果たす役割をおもうだけで十分である。一つはアキレウスの、他はヘカベ、プリアモス、アンドロマケの限りない絶望を伴う。第二三巻はすべてパトロクロスの葬儀に当てられ、第二四巻はヘクトルの葬儀と、つづく嘆きをもって終わる。

確かに、戦争の災厄と戦場の死者という主題は『イリアス』を特徴づけるもので、『オデュッセイア』にはみられない。けれども、その惨劇への追憶は『オデュッセイア』では直接的な方法で、トロイア戦争の生存者の口から明らかにされる。最初にネストルはテレマコスに戦争の「悲惨」を語り（『イリアス』の出だしと同じ語を用いて）、失われれた命を立て続けに挙げる。「その地でやがて名立たる勇士らが次々に果てたのであった」（『オデュッセイア』第三巻一〇八）。ネストルは、次の数行で弔鐘を打つがごとくアイアス、アキレウス、パトロクロス、自分の息子アンティロコス、……の名を挙げる。「たとえそなたが、五年、いや六年もここに坐りこんで、武勇のアカイア人が、かの地で蒙った苦難の数々を聞き出そうとしてもじゃ。」もっと先でメネラオスは同じテレマコスにむかって「かつて馬を養うアルゴスの故国を遠く、トロイアの荒野に果てた、戦友たちが無事でいてくれるのであれば、この屋敷の財宝が三分の一になっても、その方がどれほどよいか判らぬ。さはれ……戦友すべての非運を悼んで悲嘆に暮れつつ、ある時は泣いて心を慰め、」（『オデュッセイア』第四巻九七―一〇〇）。オデュッセウス自身は、彼と妻が戦争につづくこの長い苦しみを味わい終えるまでは、もどることはない。

また死が襲ってこなくても、英雄たちはいつもその脅威に曝されている。オデュッセウス自身絶えずそうであった。つまり、なにか出来事が起こってぎりぎりのところで救助されないかぎり、こういう人はたいてい命を落としてしまう。逃げのびようとして、いつもうまくゆくとはかぎらぬ人びとの脆《もろ》さは、比喩をみるとはっきりと分かる。ホメロスは彼らを無防備な動物に譬える。子鹿（『イリアス』第四巻二四三、第一五巻五八〇、第二二巻一八九―一九〇）、或いは小鳥（『イリアス』第一六巻五八三―五八四、『オデュッセイア』第二二巻三〇二―三〇六）、更には鳩。鳩の比喩（『イリアス』第二一巻四九三、第二二巻一四六にある）は、不実な召使女たちを首吊りの刑にしたテレマコスの復讐の残酷さをめぐって憐憫の情を示す。彼女らは、巣にもどろうとして突然罠にかかった「羽根長き鶫《つぐみ》か鳩」のように身悶える（『オデュッセイア』第二二巻四六八）。

実際に彼らが死なない場合でも、人間の条件は「死すべき」（mortel）という語[1]に刻まれていて、これはいつでも彼らに当てて用いられる。「地の果実なる生ける〈死すべき者〉」「地上の〈死すべき者〉」

「不幸な〈死すべき者〉」「悲惨な〈死すべき者〉」。この定型句は巻から巻へと繰りかえされる。ときには一人の英雄が他の者に「おぬしも死すべき人間の身なのだからな」（『イリアス』一六巻六二二）という。

（1）「死すべき（者）」mortel, エmortal, ドsterblich はギリシア語ではギbrotos, brotoi〔βροτός, βροτοί〕であるが、この節の末尾の原文にはギthnētos〔θνητός〕の語が用いられている（散文ではこれがふつう）。この語は「死」ギthanatos〔θάνατος〕と同源の語で、これに否定の接頭辞のついたギathanatos〔ἀθάνατος〕が「不死の、神の」immortel, エimmortal, ドunsterblich である。ギbrotosとラmortuus「死せる」は語源的に同じ。一二三ページ参照。

結局、ヘクトルとアンドロマケの哀感に、アキレウスの絶望に、オデュッセウスの希望と恐怖に、また、危うく命を落とすところだった男（オデュッセウス）にナウシカアが捧げた歓待のすばらしさにも、悲劇的な力を与えたものはこの「死すべき者」という条件ではないのだろうか？

叙事詩の中で絶えず想起されるこの死の身近さは、不死と不死身がはじめから除外されている理由をよりよく理解させてくれる。

しかし同時にこの死の身近さはほかの意味をもつ。というのもホメロスは、人間の条件の支配的な特徴をこのように強調しつつ、個人の特殊性にとどまらず、つねにそれと基本的な感情を結びつけることで、英雄たちを相互に、また彼らを異なる時代の読者に近づけるのに成功した、といえるからである。ホメロスは、具体的な事柄への十分なセンスをもち、しかもつねに根本へと向かう。死の恐怖、あえて死の危険を冒そうとする高邁な心、離別の苦しみと再会の喜び、これらの感情はすべて人間の条件そのものに結びつく。ゆえにそれは空間と時間を超えて、広くあらゆる人間に共通する。したがって、あえて比較するならば、ホメロスはツキュディデス[1]が歴史的な出来事に対して行なったことを人間とその感情に対して行なったわけである。歴史的な出来事は〈人間なるものの性格――それは出来事の性格でもある――が因となって〉時間の経過と共に反響と場面を反復する、[2]と史家は指摘する。

(1) 前四六〇(四五五)―四〇〇(?)のギリシアの歴史家。ペロポネソス戦争を同時代史として記述した。史料を厳密に批判した最初の学者。

(2) ここの趣旨は『歴史』第一巻二二の四にあり(以上原注)、自著を「永遠の財」ギ ktēma es aei〔κτῆμα ἐς ἀεί〕と呼んで自負する有名な箇所がつづく。詳細は藤縄謙三氏訳『歴史』1をみられよ。

じつをいえば、これはホメロスの技法全体の特徴であり、叙述の節度そのものがつねに人間の条件を確立するのに役立っている。

ホメロスは身体的な面から人間を描写するが、これを考慮にいれると以上の点は理解しやすい。以前から、また今日なお(J・カクリディスがそうである)[1]注目されているが、ヘレネやナウシカアの美しさについて詩人は細かいことをなにもいわない。他の文学、たとえば『千一夜物語』にみられるような、彼女らの顔立ち、髪型、色艶、胸にかかわる品定めは一切ない。トロイアの老人たちはヘレネを眺めて「女神のようだ」というだけであり(『イリアス』第三巻一五八)、オデュッセウスはナウシカアの前で、貴女は女神ですかと尋ね、ご両親は貴女を誇りに思うておられよう、貴女は、かつてデロス島[2]で見たヤシがる。

を問わず、空想どおりの美女になる。彼女らはホメロスの時代を抜けだし、時間を超えてわれわれに繋

八以下)。こういう控え目な描写のお陰で、ヘレナとナウシカアは、われわれの好み、国、時代のいかん

の若木に譬《たと》えられます、というだけで、ほかにはほとんどなにもいわない(『オデュッセイア』第六巻一四

(1) 三二ページ(2)参照。
(2) キュクラデス諸島の小島で、「デロス同盟」など、ギリシア史上きわめて重要な意味をもつ。

さて、叙事詩は、生と死という大きな感動だけを描きながら、しかも時間の外に逃れることも明らかである。パトロクロスに涙するアキレウス、アンドロマケに別れを告げるヘクトル、オデュッセウスを待ちわびるペネロペイア、彼らは人間性の根本に触れている。

その結果は、英雄たちのあいだに、とりわけ、それぞれの陣営で敵対しあった英雄のあいだに、生と死を前にして一種の親近性が生じる、ということである。

ホメロスは、折に触れてこの命運の共通性を強調しようとしたようにおもわれる。

たとえば、二つの陣営の並んで横たわるふたりの死者にただ一言で注意を向けさせる(『イリアス』第四巻五三六)。もっと深刻な一例は、たぶんいっそう示唆するところがあろう。というのも、その狙いは主要人物の感情であって、詩人のそれではないからである。それは『イリアス』の第二四巻の例であ

る。

最悪の惨事で引きはなされたふたりの敵がここに対峙する。プリアモスはアキレウスを訪ねて息子の遺体を返還してくれるよう懇願する。さて息子ヘクトルは、アキレウスの親友パトロクロスを倒したがゆえにアキレウスに討たれた。ふたりの人間のそれぞれが討ちあってその命を断たれた。そして二つの死は、勝利の同じ歓声、戦士の破滅を描く同じ言葉、相つぐ型どおりの布告により、平行して提示される。こうして、宿命と苦悩を共にする感情によって心の安らぎが達せられる。プリアモスは父としてアキレウスにいう。「どうかアキレウスよ、神々を憚《はばか》るとともに、御尊父のことを思い起こして、このわたしを憐れんでいただきたい……」(『イリアス』第二四巻五〇三—五〇四)。この言葉はアキレウスの心を動かす。「(プリアモスは)こういってアキレウスに、老父への想いで泣きたいほどの気持を起こさせると、アキレウスは老王の手を取り、静かに押しやって、わが身から離れさせた。こうしてふたりはそれぞれの想いを胸に、こちらはアキレウスの足下に腹這いになって、勇猛ヘクトルのためにさめざめと泣き、アキレウスはわが父を、またパトロクロスをと代わる代わるに偲んでは泣いて、ふたりの泣き声は陣屋中に響きわたった」(第二四巻五〇七以下)。するとアキレウスは気持が落ちついて、「老王の白くなった頭と髯《ひげ》を憐れみ」、起こしてやってからいうには、「苦しいことごとは、辛いことではあるが、胸の内にそっと寝かせておきましょう。心を凍らす悲しみに暮れたとて、どうにもなるものではない。そのように神々は哀れな人間どもに、苦しみつつ生きるように運命の糸を紡がれたのだ。」ふたりは個人としての恨みを超えて、似通う苦悩に打ちひしがれた人間にもどる。アキレウスは自分の父を語りながら、こんなことを力説する。父が「儲けたたった一人の息子は時ならず世を去る運命にある。そのわたしも、故国を遠く離れ、ただあなたや御子息たちを悩ましながら、トロイアの地に空しく留まっているからには、老いてゆく父の世話をすることもできぬ。あなたも、御老体よ、以前は仕合せなお人であったと聞いている」(第二四巻五四〇以下)。だから、心の安らぎ、暴力の終止は、人間共通の運命と殺戮しあう人間の同じ苦悩という、この鋭い感覚から生まれるものである。

確かにこれは例外的な珍しい瞬間にすぎない。しかしやはりそれなりの特徴がある。すなわち両詩篇における ありきたりの特徴の上に、突然心にしみる光を投げかける。

まことに感嘆に値することだが、ギリシア叙事詩では、人間はけっして相異なる文明に属するものとしては示されない。ギリシア族と異民族(1)とのあいだにまだ溝はない。『イリアス』の中でトロイア人とアカイア人とのあいだに差異はまったく存在しない。彼らが同じ言語を話し、同じ習慣をもち、倫理的・社会的規範も同じであり、神々まで同じだという点をだれひとり怪しまない。同じゼウスがどちら側にも関心をもつ。ヘクトルが、彼を倒そうとするアキレウスに追われるときに、ゼウスは憂慮し、これは自分に親しい人間なのだと注意する。『イリアス』第二二巻でアテナは無慈悲にヘクトルを欺くが、それにもかかわらず、女神はトロイアで熱心な崇敬の的であった。その証拠に、王妃ヘカベは『イリアス』第六巻で、トロイアの救済をアテナに懇願すべく、宝物の中から一番美しい、刺繍の最もすばらしい、最大のヴェールを選ぶのである（二八六―三一一）。ホメロスは、敵が民族的に異なるとは一瞬たりとも考えたことがない。

（1）「異民族」と訳した barbares, ギ barbaroi〔βάρβαροι〕は「ギリシア語を話さない」が原意である。著者は、詩人がギリシア族と他民族を、ただしギリシア人中心の立場で、等質なものとして扱う一種の国際性――非現実的で詩的な観点――を指摘しようとしている。なお松平氏はトロイア方は大部分が非ギリシア人と考えられる、と書いておられる（『イリアス』上、四〇三ページ）。

この点は、ホメロスが、戦争そのものを非難する平和主義者でなかっただけに注目すべきである。戦争は当時の文明では当たり前のことであった。戦争には苦しみがつきものであるが、また美点もある。確かに平和の時代を懐かしむこともあり、また、ゼウスは戦争好きの神アレスを嘆く。「オリュンポスに住む神々の中で、お前ほどわしが憎いと思う者は他にはおらぬ。お前が好むのは、争い事、戦争、喧嘩ばかり」（『イリアス』第五巻八九〇以下）。戦争のもたらす結果は、その原因と比較すべくもない、との考えは詩篇には出てこない。またそこには、異なる国民のあいだの国家的戦争をおもわせるものはどこにもない。闘争は苛酷な争いであるには違いないが、憎悪の念は皆無である。トロイア方とアカイア方は共に英雄であり死すべき人間であって、そのあいだに違いはない。

同様に、オデュッセウスは困難な帰国の途上、他の人間、外国人、敵と争うことなく、自然力、神秘的な威力とのみ、更に神の怒りとのみ格闘した、という事実に気づかぬ人はいないであろう。故郷イタカの人びとを別として、ほかに『オデュッセイア』が知っているのはパイアケスという理想化された人びとに限られ、しかもこの人たちからオデュッセウスが受けたのは救助と寛容だけであった。『オデュッセイア』が敵対意識を欠いていることは、『イリアス』における、戦争中の二つの民の画一性と同じ傾向のものである。

また、これは個人間でも同様である。『イリアス』で目立つテルシテスへの蔑視がよく例に引かれるが、しかし、出身の異なるさまざまな英雄の間に生まれる率直で気安い交わりは、別にそう驚くには当たらない。パイアケス人の若き王女からイタカの老いたる豚飼いにいたるまで、オデュッセウスがさまざまな人たちと付き合う場合の率直な気安さも同じである。そしてこの気安さの理由も明白である。『オデュッセイア』において、アルキノオス王（パイアケス人）の娘はあらゆる時代のあらゆる国の素朴な若い娘たちといささかも異なるところがない。彼女は洗い場へ下着の洗濯に出かけ、未来の結婚を夢み、侍女たちと鞠《まり》で遊ぶ。だから彼女のオデュッセウスとの交際は心安いものである。しかし、とりわけわれわれ読者は、彼女をわれわれに近い親しみのもてる人物として受けとる。彼女とその周囲の娘たちとの違いは、アテナの助力のお陰で、難破したオデュッセウスをみても、びっくりはするが逃げださないことである。これぞまさにホメロスのスケールの大きさそのものである。逆に、豚飼いエウマイオスは「神の豚飼い」である。彼は控え目な、礼儀正しい、申し分のない態度でオデュッセウスを迎える。ホメロスがその登場人物に付与する特徴は、しばしば国や社会的階層の垣根を取りのぞきそうである。

これで、両詩篇と英雄たちの後世への存続の秘密が多少は説明できる。

以上に述べた特徴から、アキレウスあるいはヘクトル、アンドロマケあるいはナウシカアなどの人物が、彼らの淡白さと人間味によって、多種多様な、絶えず入れ代わる読者大衆の心を動かすわけが明らかになる。しかし彼らは読者の心を動かしただけではない。彼らは生きつづけ再生し変身しつづける。ホメロスからギリシア悲劇にいたって、英雄たちは著しい変化を遂げる。しかし一方、これらの英雄たちがギリシア悲劇、ローマ演劇の人物として、また幅広く、フランス、イギリス、ドイツ、イタリアの舞台にとどまったのも事実である。数々のオペラ、小説、絵画や道徳論の人物としても座を占めた。この点で彼らは明らかに普通の人間であり、生き生きとしていて、余分な夾雑物が少なく、単純であるから、何世紀ものあいだ、象徴として言葉の泉としての役割を果たしてきた。

ホメロスが彼らを英雄として人間として造形する場合、その方法が、人物の信じがたい存続と、両詩篇の持続性に影響しないはずがない。持続性は詩篇成立のあと直ちにはじまったともいえる。そしてその後の文学の発展を完全に支配することになった。

結び　ホメロス以後

前六世紀に両詩篇のテクストが確定し、その朗誦はアテナイにおいてパンアテナイア大祭の正式の行事となった。一方、朗唱詩人[1]（ラプソードス）は私的な演芸の席でその一部を物語った。プラトンの『イオン』は彼らの芸がどんなであったかを伝える。それは感情の大袈裟なひけらかしを伴ったらしい（朗唱詩人は落涙し髪を振り乱し、聴衆もまた同じような感動にかられた）。ところで、こうした演技は珍しくなかった。クセノポン[2]の『饗宴』で或る人物は朗唱詩人を「ほとんど毎日」聴いていると明言している（三の六）。しかしホメロスはただの余興にだけ用いられたわけではない。古典期全体をつうじて彼は教育の基礎をなしていた。クセノポンの『饗宴』の同じ人物は、ホメロスを隅から隅まで暗記していると いう。エジプトではヘレニズム時代に、ホメロスが学校の習字、文章の分解、現代語訳、注釈などの練習に用いられた具体的な証拠がみつかっている。したがって、アレクサンドリアの図書館に所属する最初の大文法家たちが一段と高い水準でホメロスのテクストの研究を緊急の課題としたのは驚くにあたらない。ゼノドトス、ビュザンティウムのアリストパネス、アリスタルコス（前三—二世紀）[3]の場合がそれである。

（1）叙事詩を朗唱する詩人（芸人）はホメロス中ではアオイドス（歌い手、吟唱詩人）といわれたが、後にラプソードスギ rhapsōdos〔ῥαψῳδός〕「語り手」と呼ばれた（この語はホメロスにはないようである）。叙事詩は「歌うもの」から「語るもの」へと移ったことになる。ラプソードスを仮に「朗唱詩人」と訳しておく。一八ページ（1）参照。
（2）前四三〇頃—三五四頃。ギリシアの軍人、著述家、歴史家。
（3）三者とも活動時期は前三—二世紀。

こういう他に類をみないホメロス重視は、初期ギリシア文学へのホメロスの影響で確かめられる。まず直接の模倣者たち、「圏」の詩篇の詩人たちがおり（本書第一章二三ページ（1）参照）、『鼠と蛙の合戦』すなわち『マルギテス』のごとき滑稽なパロディ作者がいる。またホメロスの詩形と言語を用いる類似の分野もあった。『ホメロス賛歌集』[1]がそれで、神々を賛美するものであり、古代ではこれをホメロスの作とさえした（先立つ詩篇もそう考えられたことがある）。その主要な詩編は前七世紀から六世紀に作成された。ヘシオドスの神統記的あるいは教育的な詩篇も同様で、古代人はこれをホメロスと同等に扱った（もっと後に『ホメロスとヘシオドスの詩作競技』[2]も書かれた）。他方、文学の他のジャンルへの影響も明白である。抒情詩は文体と多くの発想をホメロスに負う。悲劇は、登場人物と悲劇のモチーフをホメロスから借り、そのためホメロスは、悲劇の父あるいは最初の悲劇作者と呼ばれるほど古典的になった（この考えはプラトンによくみられる)。歴史さえも手法と精神の多くを彼から借りた。論考『崇高について』[3](紀元一世紀)には、ヘロドトスは「すこぶるホメロス的だ」との主張がある。

(1) 三三編の賛歌 ギ humnoi〔ὕμνοι〕を集めたもの。
(2) 両詩人の問答集。前四世紀の修辞家アルキダマスに由来するとの説もある。松平氏の訳書『仕事と日々』に『ホメロスとヘシオドスの歌競べ』として加えられている。
(3) 一三の三(原注)。「崇高について」ギ Peri hupsous〔Περὶ ὕψους〕は文芸批評の小論。作者不詳。ギリシアの著述家ロンギノス(後二一三?—二七三)の作とされたこともあるが、これは年代的に誤りである。

しかしこういう文学的な影響というものは、一つの文学の出発点においてはそう驚くにはあたらないからしばらく措くとして、ホメロスの両詩篇がさまざまな分野で何世紀にもわたって座右の書であったのは不思議といえば不思議である。

ギリシアの古典時代には、文学的理由が全然ないのに愛読され深く考察されたらしい。人はホメロスにあらゆる方面の教えを乞うた。道徳的な手本を彼に求めたのはいうまでもないが、戦争、政治、日常生活のことまでホメロスに相談した。プラトンは不平を洩らしている。すなわち彼は、「この詩人こそはギリシアを教育してきたのであって、人生の諸事の運営や教育のためには、彼を取り上げて学び、この詩人に従って自分の全生活をととのえて生きなければならないのだ、とね。」[1](『国家』六〇六e)と主張するホメロス崇拝者がいる、という。

（1）藤沢令夫氏訳。

プラトンはこの傾向の行きすぎを攻撃したが、完全に消えることはなかった。ホメロスが英雄を描き、塾考に値する模範を示したとみるのはまったく正しい。アレクサンドロス大王は『イリアス』を「戦意の支えとして」枕頭に置いていたとプルタルコス[1]はいう。カエサル[2]時代に或る哲学者[3]は「ホメロスの挙げるよき王について」なる論考を書いたが、これはこの方面の最後の作というわけではない。

（1）プルタルコス（後四六?—一二〇以後）。わが国ではよくプルタークという。いわゆる「英雄伝」の著者。
（2）カエサル（前一〇二—四四）。ローマの将軍、文章家。我が国では英語風にシーザーということが多い。
（3）エピクロス派の哲学者ピロデモス ギ Philodēmos（前一一〇?—前二八?）。著作は失われた。論考の原題は ギ Peri tou kath' Homēron agathou basileōs〔Περὶ τοῦ καθ' Ὅμηρον ἀγαθοῦ βασιλέως〕（以上原注）

この傾向はもう少し自由な形で文学的影響を残している。すなわち、単純で典型的なホメロスの英雄たちはいつの時代にも、既にホメロスのものでなくなったはずの道徳的観念を具現するものとして取りあげられた。オデュッセウスは前五世紀の悲劇では大嘘つきの、手のつけられない煽動家であるが、四半世紀後には、キュニコス派の哲学者にとって試練に耐える忍耐の模範であった（アンティステネス[1]は『オデュッセウス』なる一書を書いた）。フェヌロン[2]の『テレマコス』にいたっては、ホメロスに着想をえてものを教えようとする。

（1）前四五五頃—三六〇頃。ギリシアの哲学者。「小ソクラテス派」の一つキュニコス派の開祖。

(2) Fénelon（一六五一―一七一五）、フランスの聖職者、文筆家。「テレマコスの冒険」（Aventures de Télémaque, 1699）を書いた。

しかし人びとは道徳的な教えには早くも満足しなくなり、ホメロスの中に彼が述べたこと以上のものを読もうとした。前六世紀以後、そこに「隠された意味」を探した。宗教的な不安が増大する時代には、この傾向は、「寓意」の方向へ組織的に依存しはじめる。ヘレニズム[1]の末期に哲学者ポルピュリオス（後二三二―三〇五?・紀元三世紀に論考『ニンフの洞窟について』を書いた）、あるいは新プラトン派のプロクロス（後五世紀にプラトンの『国家』の注釈を書き、その中でホメロスの神々とその意味を長々と論じた）のような著作者の手で、この方向は極端まで押しすすめられた。こういう組織的解釈においては、ホメロスの細部は象徴となり、この象徴は、あるいは宇宙の一部に、あるいは霊魂の輪廻転生――霊魂は化肉、再化肉を運命づけられている――に呼応する。

(1)「ヘレニズム」はアレクサンドロス大王（前三五六―前三二三）没後からローマ帝政成立までの世界化されたギリシア文化を指すのがふつうであるが、ここでは広義に解され古代末期までが考慮されている。

われわれからみると、こういった解釈は非常識である。しかしこの傾向が完全に消えたと考えてはなるまい。というのも、細部の象徴的解釈は遠の昔に捨てられたけれども、両詩篇の人物たちは今日なお、人間について魂について生と死についての考えを具現しているからである。ジョイス[1]（『ユリシーズ』、一九二二年）とカザンツァキス[2]（『オデュッセイア』一九三八年）が、オデュッセウス（前者の場合）と『オデュッセイア』（後者の場合）を、人間の生にかかわる大作の主題に選んだ主な理由は紛れもなくこれであった。

（1） James Joyce（一八八二―一九四四）。アイルランドの作家。大作『ユリシーズ』で著名。
（2） 七七ページ（2）参照。

ホメロスの人物は、モラリスト、神学者、小説家、考古学者、詩人ならびに歴史家たちのもとで、全体をひっくるめて、あるいは順々に、生きつづけ変わりつづけている。この多面性と永続性は、ホメロスというユニークな文学的成功を比類ない形で証明しており、本書はその根拠を僅かながら指摘しようと試みたものである。

訳者あとがき

本書を一読してどんな印象をもたれたでしょうか。著者は両詩篇やギリシア悲劇の知識を前提にして論議を進める場合がありますから、その点でむずかしかったかもしれません。二大叙事詩を要約した手軽な読み物としては、拙訳『ホメロス物語』(白水社)があります。けれども、むろん両詩篇を原文に沿って完全に訳された、本書でもたびたび引用している松平千秋氏の著名な『イリアス』『オデュッセイア』を読まれるに越したことはありません。またギリシア悲劇については、特によく知られたいくつかを物語風にアレンジした内村直也氏訳『ギリシア悲劇物語』(白水社)があり、入門用には最適です。現存する悲劇全部(三三作)の完訳としては『ギリシア悲劇全集』(四巻、人文書院)、『ギリシア悲劇全集』(一四巻、岩波書店)があります。これらを読まれたのち本書を再読されれば、読後感を新たにされるに違いありません。更に一歩を進めて、翻訳ではなく、ギリシア語の原典について研究を志す読者には、一介の文法学者にすぎない訳者に案内役をつとめる資格はありません。幸い松平氏の岩波文庫版に原典や優秀な研究書が多少紹介されていますから参照されるようお薦めします。

訳者は訳文作成の便宜上フランス語対訳の原典（全七冊）、Homère : *Iliade. L'odyssée* .CUF, Les Belles Lettres, Paris.を使用しました。

「日本語版への序」は訳者の請いを容れて著者が寄稿されたものです。種々の疑問点について著者はじめ数名の方からご教示を賜りました。深甚な謝意を表するものです。著者は本書執筆後失明されたそうですが、私の問い合わせに懇切な解答を寄せられました。また翻訳の作業の中途で知人柴田明子さんに訳文をご一読願い、種々貴重なご意見をいただきました。この場をかりて心からお礼を申します。

巻末の文献表は著者が掲げたもので、そのまま再録しておきます。フランス語の著書論文が多いのは原著がフランス語圏の読者を対象にしているからです。著者の略歴についてはイタリア語訳に掲載されたものでよいと著者から連絡がありましたので、文献表のあとに訳しておきます。

非力な訳者のことですから、誤字脱字、思い違い、理解の不足、訳文の拙劣さなどがないとはいえません。お手数で恐縮ですが、お気づきの点を出版社までご連絡くだされば望外の幸せです。

二〇〇一年二月

参考文献

（著者の意向をくんで，原著の参考文献を翻訳せずに転載します）

1. LECTURE ET ÉTUDE DU TEXTE

Il existe de nombreuses éitions commentées d'Homère, complètes ou partielles. Les plus importantes sont, pour l'ensemble, Ameis-Hentze-Cauer (Teubner, 1910), pour l'Iliade, Leaf (1900-1902), à compléter par le commentaire de G. S. Kirk (chants 1 à 8, Cambridge Univ. Press, 1985-1989), pour l'Odyssée, Stemford (Londres, 1947), à compléter par l'éition Heubeck, Hoekstra, Hainsworth et West (texte italien, Mondadori, 1981-1987, trad. anglaise pour les chants 1 à 16, Oxford Univ. Press, 1988-1990) ; on peut utiliser, de façon plus scolaire, les extraits de l'Odyssée, par Béard, Goube et Langumier (Hachette, 1952). Le commentaire le plus complet et le plus récent est : The Iliad, a Commentary, éd. G. S. Kirk, 6 vol., Cambridge Univ. Press, 1985-1993 ; A Commentary on Homer's Odyssey, éd. A. Heubeck, Oxford Univ. Press, 1988. Il existe aussi des index ou lexiques (Ebeling, Gehring, Prendergast-Marzullo et Dunbar). Enfin on devra toujours consulter P. Chantraine, Grammaire homérique, 2 vol., Paris, 1942 et 1953.

2. ÉTUDES SUR HOMÈRE ET SUR LA QUESTION HOMÉRIQUE

On ne cite ici que les éudes les plus importantes ou les plus célèbres. Elles sont indiquées selon l'ordre alphabétique, afin que le lecteur du livre les retrouve plus aisément. On complétera, pour les années antérieures à 1967, par l'analyse très utile de A. Lesky dans la Realencyclopädie (Suppl. XI). Les ouvrages marqués d'un astérisque sont recommandés comme étant d'une lecture facile et utile pour tous.

A. W. H. Adkins, Merit and Responsibility: A Study in Greek Values, Oxford, 1960.

S. E. Bassett, The Poetry of Homer, Berkeley, 1938.

C. M. Bowra, Tradition and Design in the Iliad, Oxford, 1930.

— * Heroic Poetry, Londres, 1952.

— Homer, Londres, 1972.

R. Carlier, La royauté grecque avant Alexandre, Paris, 1984.

Rhys Carpentcr, Folktale, Fiction and Saga in the homeric Epics, Los Angeles, 1946.

E. Delebecque, Télémaque et la structure de l'Odyssée, Aix-en-Provence, 1958.

— La construction de l'Odyssée, Paris, 1980.

A. Dihle, Homer-Probleme, Opladen, 1970.
M. I. Finley, * The World of Odysseus, Londres,1956; trad. franç., Paris,1969.
G. Germain, Genèse de l'Odyssée, Le fantastique et le sacré, Paris, 1954.
J. Griffin, The Epic Cycle and the Uniqueness of Homer, Journal of Hellenic Studies, 97 (1977), p. 39-53.
— * Homer on Life and Death, Oxford, 1980.
J. B. Hainsworth, The Flexibility of the Homeric Formula, Oxford, 1968.
J. Kakridis, Homeric Researches, Lund, 1949.
— Homer revisited, Lund, 1971.
G. S. Kirk, * The songs of Homer, Cambridge, 1962.
— Homer and the Epic, Cambridge, 1965.
— Homer and the oral Tradition, Cambridge, 1978 .
A. Lesky, Göttliche und menschliche Motivation im homerischen Epos, Akad. Heidelberg, 1961, p. 5-52.
H. Lloyd-Jones, The Justice of Zeus, Berkeley, 1971.
P. Mazon, P. Chantraine, P. Collart, * Introduction à l'Iliade, Paris, 1942.
K. Meuli, Odyssee und Argonautika, Utrecht, 1974.
G. Nagy, The best of the Achaeans, Johns Hopkins Univ. Press, 1979.
D. L. Page, * The Homeric Odyssey, Oxford, 1955.
— History and the Homeric Iliad, Berkeley, 1959.
M. Parry, The Making of homeric Verse, éd. A. Parry, Oxford, 1971.
K. Reinhardt, Tradtion und Geist, Göttingen, 1960.
— Die Ilias und ihr Dichter, éd. O. Hölscher, Göttingen, 1961.
H. M. Redfield, Nature and Culture in the Iliad, Chicago, 1975; trad. franç., Paris, 1984.
F. Robert, * Homère, Paris, 1950.
J. de Romilly, * Perspectives actuelles sur l'épopée homérique, Paris, 1984, 42 p.
— Hector (Édition de Fallois, 1996, 286 p.).
W. Schadewaldt, Von Homers Welt und Werk, 4e éd., Leipzig, 1965.
A. Severyns, Homère, 3 vol., Bruxelles, 1945-1948.
C. H. Whitman, Homer and the heroic Tradition, Harvard, 1958

On y joindra des travaux groupant des articles ou essais importants en anglais,publiés en 1978 par B. C. Fenik (Homer, Tradition and Invention, 5 contributions) et J. Wright (Essays, on the Iliad, selected modern criticism, 8 essais publiés séparément, de 1966 à 1970).

3. ÉTUDES SUR DES ASPECTS DE LA SUR VIE D'HOMÈRE

F. Buffière, * Les mythes d'Homère et la pensée grecque, Paris, 1956.

P. Lévêque, Aurea Catena Homeri, une étude sur l'allégorie grecque, Paris, 1959.

W .B. Stanford, * The Ulysses Theme, Oxford, 1968.

著者略歴

ジャクリーヌ・ド・ロミーイ　Jacqueline de Romilly

コレージュ・ド・フランス教授，リール大学で教鞭をとる．アカデミー・フランセーズ会員．ギリシア文学の高名な文献学者・文学史家．ベル・レットル (Belles-Lettres) 叢書のツキュディデスを校訂 (1953-1968)．優れた多数の論考を発表してる．

La loi dans la pensée grecque, des origines à Aristote (Paris 1971)
Problèmes de la démocratie grecque (Paris 1975)
Magic and Rhetoric in ancient Greece (Harvard 1976)
La douceur dans la pensée grecque (Paris 1979)
Préeis de Littérature grecque (Paris 1980)

訳者略歴
一九二二年生まれ
一九四六年早大文学部卒
一九五一年アテネ・フランセ卒
ドイツ語学・対照文法専攻
早稲田大学名誉教授
主要著書
「ラテン語基礎 1500 語」
「初級ラテン語入門」
「インデックス式ラテン文法表」
「ドイツ語基本単語と公式」
「文法復習やさしい独文解釈」
「入門ドイツ語冠詞の用法」
「ドイツ語学講座」（主著、*I-VI*）
主要訳書
「ホメロス物語」
「ギリシア神話物語」
「ショーペンハウアー全集」（第10巻）
「ギリシア文法」
（著作案内 http://www.yk.rim.or.jp/~deutsch/）

ホメロス

二〇〇一年四月一五日印刷
二〇〇一年四月三〇日発行

訳　者© 有《あり》田《た》潤《じゅん》
発行者 川村雅之
発行所 株式会社 白水社
東京都千代田区神田小川町三の二四
電話 営業部 〇三（三二九一）七八一一
編集部 〇三（三二九一）七八二一
振替 〇〇一九〇－五－三三二二八
郵便番号 一〇一－〇〇五二
http://www.hakusuisha.co.jp

平河工業社

ISBN 4-560-05838-5

Printed in Japan

Q 哲学・心理学・宗教

1 知能
9 青年期
13 実存主義
25 マルクス主義
52 精神力とは何か
95 性格学
107 世界哲学史
114 プロテスタントの歴史
115 精神分析
149 カトリックの歴史
193 哲学入門
196 道徳思想史
199 秘密結社
228 言語と思考
236 感覚
248 妖術
252 神秘主義
326 プラトン
350 ギリシャ哲学
362 ヨーロッパ中世の哲学
368 原始キリスト教
374 現象学
400 ユダヤ思想
401 エジプトの神々

415 新約聖書
417 デカルトと合理主義
426 プロテスタント神学
438 カトリック神学
444 旧約聖書
459 現代フランスの哲学
461 新しい児童心理学
464 人間関係
468 構造主義
474 無神論
480 キリスト教図像学
487 ソクラテス以前の哲学
499 カント哲学
500 マルクス以後のマルクス主義
512 ルネサンスの哲学
519 発生的認識論
520 アナーキズム
523 思春期
525 錬金術
535 占星術
542 ヘーゲル哲学
546 異端審問
550 愛
576 キリスト教思想
592 秘儀伝授

594 ヨーガ
607 東方正教会
625 異端カタリ派
663 創造性
680 ドイツ哲学史
697 オプス・デイ
702 精神分析と文学
704 トマス哲学入門
707 仏教
708 死海写本
710 心理学の歴史
722 薔薇十字団
723 インド教
726 ギリシア神話
733 死後の世界
738 医の倫理
739 心霊主義
742 ベルクソン
745 ユダヤ教の歴史
749 ショーペンハウアー
751 ことばの心理学
754 パスカルの哲学
762 キルケゴール
763 エゾテリスム思想
764 認知神経心理学

768 ニーチェ
773 エピステモロジー
778 フリーメーソン
779 ライプニッツ
780 超心理学
783 オナニズムの歴史
789 ロシア・ソヴィエト哲学史
793 フランス宗教史
802 ミシェル・フーコー
807 ドイツ古典哲学
809 カトリック神学入門
818 カバラ